www.mayabook.co.kr

www.mayabook.co.kr

www.mayabook.co.kr

刀帝
도제

도제 6

지은이 | 글작소
펴낸이 | 권순남
펴낸곳 | (주)마야 · 마루출판사
등록 | 2008. 1. 7(제310-2008-00001호)
초판 인쇄 | 2011. 12. 14
초판 발행 | 2011. 12. 16
주소 | 서울시 노원구 상계 1동 1049-25 신영산업 BD 602호
대표전화 | 02-2091-0291
팩스 | 02-2091-0290
이메일 | marubooks@hanmail.net
ISBN | 978-89-280-0536-9(세트) / 978-89-280-0649-6
정가 | 8,000원

잘못된 책은 교환하여 드립니다.
저자와 협의하여 인지를 붙이지 않습니다.

刀帝 ⑥
도제

글 작소 신무협 장편소설

MAYA & MARU ORIENTAL STORY

마루&만야

제66장. 가위의 교훈 …007
제67장. 외부의 시선을 두다 …031
제68장. 외유를 떠나다 …059
제69장. 흔적을 쫓다 …081
제70장. 외면하다 …107
제71장. 회한이 눈물이 되다 …129
제72장. 의외의 소득 …157
제73장. 업보를 슬퍼하다 …177
제74장. 흐름이 뒤틀리다 …201
제75장. 꼬리를 잡다 …221
제76장. 손해배상을 청구하다 …241
제77장. 깊게 파다 …265
제78장. 분노를 품다 …293

제66장
가위의 교훈

 황제가 어림대장군과 술자리를 가지며 모든 이들을 주위에서 물렸다.
 그것은 제독태감이자 동창 제독인 양 공공도 예외는 아니었다.
 그렇게 물러 나온 양 공공은 자신의 거처로 돌아갔다. 경험상 황제와 어림대장군 간의 술자리는 언제나 밤을 새워 이어지기 때문이다.
 황제는 술에 취해 어림대장군과 함께 그곳에서 잠이 들것이다.
 그러니 양 공공은 내일 아침 해장국을 들이라는 황명이 떨어질 때까지 아무것도 할 일이 없었다.

그렇다고 잠이 들지도 못했다. 아직 황제가 잠에 들었단 보고가 올라오지 않은 까닭이다.

그렇게 조용히 거처에서 자신이 아끼던 분재를 돌보고 있던 양 공공은 깊은 새벽, 생각지 못한 사람의 방문을 받았다.

"궁상은……."

갑작스런 음성에 고개를 드니 그가… 사신이 들어와 있었다.

"대, 대인!"

당황해 고개를 숙이는 양 공공을 흘깃 일별한 벽사흔이 좀 전까지도 그가 손질하던 분재로 시선을 주었다.

"취미는 여전한 모양이군."

환관들은 분재의 작은 체구를 사내이길 포기한 자신들의 처지와 은연중에 동일시했다.

거기에 작은 체구임에도 불구하고 고고한 자태를 품고 있다는 것이 환관들의 욕구를 자극했다.

그 탓에 분재는 환관들 사이에서 상당한 인기를 누리는 소장품이었다.

하지만 분재의 높은 가격 때문에 벽사흔은 사리사욕의 표상이라며 환관들이 분재를 기르는 것을 매우 못마땅하게 생각했었다.

그것을 알기에 양 공공은 급히 고개를 조아렸다.

"소, 송구합니다."

곧이어 환관들의 자세나 욕심에 대해 사나운 질타가 떨어질 것이라 생각했지만 벽사흔의 입에서 나온 말은 의외의 것이었다.

"분재를 다루는 일이 쉽지 않다고 들었다만."

"그, 그것이… 예, 손이 많이 가옵니다요."

"그래, 그렇다더군. 조금만 물을 많이 주어도 죽고, 물이 부족해도 죽는다던가? 가지치기를 잘해 주지 않으면 금세 가치를 잃기도 한다고 하고. 맞나?"

"마, 맞사옵니다요."

양 공의 답에 벽사흔이 분재 옆에 놓인 가위를 집어 들었다. 그렇게 그의 손에 들린 가위를 양 공공은 불안하게 바라보았다.

툭-

힘없이 잘려 나간 분재의 가지를 바라보는 양 공공의 눈가가 파르르 떨렸다.

"난 분재에 대해 잘 알지 못하지. 더구나 섬세한 손놀림엔 더 멀기도 하고."

툭-

또다시 가해진 가위질에 분재에서 가장 중요한 가지 중 하나가 힘없이 잘려 나갔다.

그것을 보며 잘게 떨리는 양 공공의 눈은 천천히 다음 가지로 다가가는 가위를 그저 바라볼 수밖에 없었다.

"나같이 힘밖에 모르는 이가 손을 대면 좋은 분재는 만들기 어려울 거야. 안 그런가?"

"아, 아니옵니다요. 조, 조금만 배우시면……."

"나 같은 사람이 분재를 배운다라……. 크크크. 가능할 것 같은가? 듣자 하니 살기에도 민감한 놈들이라던데."

벽사흔의 말에 양 공공은 아무런 말도 할 수 없었다. 그의 말대로 분재는 이상하게 살기에 민감했기 때문이다.

그 탓에 무장들 중엔 일부러 분재를 키워 자신의 몸에 깃든 살기를 죽이는 연습을 하는 이들도 있었다.

"무, 무장들 중에도 분재를 키우는 이들이 있는 것으로 아옵니다요."

"그놈들이야 전장을 떠나 정치꾼으로 살려는 무늬만 무장인 놈들이고. 나같이 피에 젖은 이들이 도모할 만한 일은 아니지."

툭-

그 말끝에 또 하나의 중요한 가지가 맥없이 잘려 나갔다.

말도 못하고 반신불수가 되어 가는 자신의 분재를 바라보는 양 공공의 표정은 어두웠다.

그런 양 공공의 시선을 받으며 천천히 뒤로 물러난 벽사흔이 자신이 가지치기를 한 분재를 보며 고개를 저었다.

"흠… 영 시원치 않군. 차라리 뽑아 버리고 다시 심는 게 낫겠어."

다시 다가가 우악스럽게 쥐어 가는 손이 양 공공의 음성에 멈춰졌다.

"그, 그냥 두시면 소, 소인이 살려 보겠습니다요."

"흠… 그럴래?"

"예예, 소인이 해 보겠습니다요."

간절한 양 공공의 음성에 벽사흔이 손길을 거둬들였다.

그렇게 다시 뒤로 물러난 벽사흔의 입에서 무심한 음성이 흘러나왔다.

"양."

"예예, 대인."

"내가 황실과 관부에 손을 대지 않으려는 이유가 저것과 같아. 난 파괴는 할 줄 알지만 다듬진 못해. 목을 꺾고 사지를 자를 순 있겠지만, 제대로 된 길로 자라도록 손을 써 주진 못하지."

"하오나 대인께선 군부를 잘 정비해 오셨습니다요. 그런 대인께서 어찌 그런 말씀을……."

"군부……. 그래, 군은 내가 휘어잡을 수 있지. 그놈들도 나만큼 파괴에 익숙한 놈들이니까. 하지만 내가 남아 있으면 군부는 지금보다 더 권력이 커질 거야. 그러다 내가 사라지면?"

"어, 어찌 대인께서 사라지신단 말씀이시옵니까?"

"세상에 천년만년 사는 사람은 없어. 그건 나도 마찬가지고."

절대로 늙지도, 죽지도 않을 것 같은 이의 입에서 나온 소리였기에 양 공공의 눈은 불신과 경악으로 뒤범벅이 되어 있었다.

그런 양 공공에게 벽사흔이 말을 이었다.

"지금도 군부를 다루기 쉽지 않다고 들었는데, 그땐 어쩌려고."

"하, 하오면 갑작스런 퇴역이······."

"뒤를 봐야지. 네놈에게 내가 항상 하던 말이지 않느냐."

벽사흔의 말에 양 공공의 눈이 조금 더 커졌다.

지금의 말을 그대로 믿자면 벽사흔이 군을 갑자기 떠난 이유가 군부의 힘을 더 이상 키우지 않기 위해서란 의미가 되기 때문이었다.

"대, 대인······."

미처 알지 못했던 것을 알게 된 까닭인지 양 공공의 눈은 꽤나 복잡해 보였다. 그런 그의 귀로 벽사흔의 음성이 들려왔다.

"황궁··· 네놈이 살려 본다 했으니 맡기고 가마. 내가 손대면 저 꼴이 될 테니."

황궁을 살려 본다는 말은 하지 않았다.

하지만 그걸 입 밖으로 꺼낼 만큼 양 공공은 모자란 사람이 아니었다. 자신이 딴소리를 한다면 황궁에 피바람이 몰아칠 것이 자명했기 때문이다.

그것도 황명의 비호를 받는 피바람이다. 그렇기에 피바람은 거세고 사납다.

과거의 경험에 유추해 보면 아마도 닥치는 대로 부수고 자르고 박살 낼 것이 분명했다.

그 피바람 속에서 살아남는 사람은 적을 것이다. 그리고 그 안에 자신이 지키고자 하는 사람은 들어 있지 않을 것이란 점을 양 공공은 잘 알고 있었다.

그렇기에 양 공공은 그를 일별하고 돌아서는 벽사흔의 뒤에서 그저 고개를 숙여 보일 수밖에 없었다.

† † †

아침에 객방에서 일어나 일 층 객잔으로 내려오던 사람들은 이미 자리를 잡고 앉아 있는 벽사흔의 모습에 놀란 표정이 되었다.

"언제 온 거야?"

반가운 표정으로 옆자리에 앉는 도왕에게 벽사흔이 답했다.

"조금 전."

"갔던 일은 잘됐고?"

"글쎄, 두고 보면 알겠지."

그 답에 도왕이 물었다.

"하면, 이젠 어찌할 생각이야?"

"말했잖아. 두고 본다고."

"그럼……."

"며칠 기다려 보자고."

벽사흔의 말에 사람들은 궁금함을 참고 고개를 끄덕일 수밖에 없었다. 그의 표정이 평소와는 달리 어두웠기 때문이다.

사홍서원(四弘書院)은 곡부의 서원들 중에서도 꽤나 유명한 서원이다.

이유는 사홍서원이 유교의 경전에 불교의 가르침을 접목시킨 까닭이었다.

당연히 서원이 처음 문을 열었을 때 서생들의 반발이 거셀 수밖에 없었다.

그 탓에 문을 닫은 적도 있었지만 오래지 않아 사홍서원은 제 이름값을 해냈다. 유교에서 부족한 부드러움을 불교의 가르침으로 메운 덕에 사홍서원 출신 서생들이 여러 방면에서 두각을 나타냈던 것이다.

특히 인품에선 정통 유교만을 고집하는 서생들에 비해 분명히 뛰어난 점을 보였다.

당연히 정통 유교를 가르치는 서원과 유교의 학자들은 곤혹스러울 수밖에 없었다.
 수신을 중히 여기고 그것을 기반으로 성인군자가 되는 것을 가치로 삼는 정통 유교가, 불교의 가르침과 뒤섞인 혼종 유교에 밀린 셈이 되었기 때문이다.
 더구나 인품의 높고 낮음을 평가하는 이들이 누구인가? 그것은 학식 있는 학자들도, 높은 관리들도 아니었다.
 오히려 배운 게 없고, 하루 벌어 하루 먹고살기에도 바쁜 백성들이었던 것이다.
 당연하게도 그들은 입신양명을 최우선으로 하는 여타 서원 출신 관리들과 학자보다 자신들의 어려움을 살피고 고단함을 도닥이는 측은지심을 가진 사홍서원 출신 관리와 학자들에게 깊이 매료될 수밖에 없었다.
 그러니 평가를 조작할 수도, 덮을 수도 없는 일이었다.
 그런저런 까닭으로 당금의 사홍서원은 곡부를 빛내는 서원들 중 하나로 그 이름이 제법 높았다.
 그런 곳의 원주라면 그 인품과 학식이 범상치 않아야 함은 물론이다.
 당연히 세상 사람들이 엄지손가락을 주저 없이 세울 만한 이들이 대대로 사홍서원의 원주를 지내 왔다.
 다만 그것은 일 년 전까지의 일이었을 뿐이다.
 당금의 사홍서원 원주인 이략은 조금 특이한 사람이었다.

한 번도 책을 펼쳐 놓고 읽는 것을 본 사람이 없었다. 그에 반해 몸을 단련하는 일은 하루도 거르지 않았다.

그것을 괴이하게 여긴 한 서생의 물음에 그는 건강한 몸에 건강한 정신이 깃든다는 말로 답을 대신했다.

틀린 말이 아니니 달리 반박을 하지 못했지만, 역시 서원의 원주에게 맞지 않는 자세임은 분명했다.

그런 원주의 처소로 서생 한 명이 급한 걸음으로 다가섰다.

"원주님, 소생 감남이옵니다."

"들어오게."

원주의 허락에 감남이란 서생이 안으로 들었다.

"원주님을 뵙습니다."

"그래, 무슨 일인가?"

"다른 것이 아니오라… 북직례에서 전서가 도착하였습니다."

말과 함께 감남이 내놓은 것은 돌돌 말린 작은 종이 뭉치였다.

그것을 받아 든 원주, 이략은 전서의 밀봉을 세심하게 확인했다.

그렇게 자세히 살폈으나 밀봉이 손상된 흔적은 발견되지 않았다.

비로소 전서가 다른 이의 손을 타지 않았다는 것을 확인한 이럇이 밀봉을 제거하고 전서를 천천히 풀어냈다.
"흠……."
전서를 단숨에 읽은 이럇의 입에서 침음이 흘러나왔다.
"무슨… 내용이기에 그러십니까?"
감남의 물음에 이럇이 전서를 내밀었다.
그것을 받아 든 감남이 전서에서 읽을 수 있는 글자는 오로지 두 자뿐이었다.

숲回(전회)

"이게 무슨……. 설마 전부 돌아오란 말은 아니겠지요?"
자못 놀란 표정인 감남에게 이럇이 어두운 표정으로 답했다.
"난 그 외에 다른 뜻을 알지 못하겠네."
그것은 감남도 마찬가지였다.
하지만 왜? 거의 주변 정리가 마무리되어 가는 시점에서…….
"이유를 물어야 하지 않겠습니까?"
"누구에게? 감히 그분께 이유를 묻겠단 말인가?"
"하오나… 이곳에 쏟아부은 시간과 노력이……."
"모든 것이 다 그분의 노력과 시간이었다. 우리가 왈가불가할 사안이 아니란 말일세."

틀린 말이다. 이곳에서 땀을 흘리고 죽어 간 이는 북직례에 있는 그분이 아니기 때문이다.
 하지만 그렇게 말할 순 없다. 그런 말을 입에 담는 것조차… 배덕이고 배신이니까.
 "그, 그렇긴 하나……."
 "이곳은 그분의 땅, 그분의 발판일세. 그런 곳을 버리라 말씀하진 않으실 걸세."
 "하오면……."
 "잠깐 돌아오라는 말씀이시겠지. 어쩌면 이곳으로 황상의 시선이 돌려졌을지도 모르고……."
 이략의 말에 감남의 얼굴이 새카맣게 죽었다.
 황제가 눈치를 챘다? 이는 절대로 있어선 안 되는 일이다.
 지금의 일이 황제에게 들통 난다면… 자신들만 잘못되는 것이 아니었다.
 "서두르겠습니다."
 "아니, 조용히, 눈에 띄지 않게."
 "아, 알겠습니다. 하오면 소수서원의 일은 어찌……?"
 "중단… 해야 하겠지."
 "흉수를 밝혀내지 못하고 중단한다면 소란을 떤 관군의 입장이 곤혹스러워질 겁니다."
 자신들의 일을 돕기 위해 산동성 도지휘사사는 상당한 무리를 했다.

곡부현의 지현조차 모르게 일을 진행했고, 아무런 이유도 설명하지 않고 도지휘사사의 병력을 밀어 넣었다.

특히 곡부의 치안을 담당하는 현승(縣丞:정8품 관리)에게 선을 넣어 포교들을 무단으로 동원하기도 했다.

그런 상황에서 발을 빼 버리면 현승은 물론이고, 산동성 도지휘사사도 문제가 생길 것이 분명했다.

"좌군도독부에 연락을 넣어 두겠네."

"좌군도독부가 움직여 주겠습니까?"

"감 도독이라면… 가능할 걸세."

이략의 답에 다소 누그러진 표정의 감남이 물었다.

"하면 지현은 어찌……? 성격이 곧기로 소문난 사람입니다. 그가 산동성 승선포정사사에 진정이라도 넣는 날엔……."

"필에서 들고일어나겠지."

"분명 그럴 것입니다."

자신들을 눈엣가시로 여기는 필이다.

그렇다고 무장들의 세력인 척에게 손을 내밀지도 못한다. 그들조차 자신들을 박쥐 정도로 보기 때문이다.

남은 것은 황족의 세력인 번이지만 그들을 움직이기엔 그분의 능력과 위치가 애매했다.

그러니 일이 틀어지면 자칫 자신들만 희생양으로 버려질 수도 있었다.

"내가… 책임지겠네."

이략의 말에 감남이 겸연쩍은 표정을 지었다.

"책임을 회피하고자 드린 말씀은 아니었습니다."

"아네. 하지만 생각하지 않을 수 없는 문제이기도 하지."

"송구… 합니다."

"아닐세. 잘 지내고 있는 자네를 이곳으로 불러들인 것도 나이니, 그에 대한 책임은 내가 질 걸세. 하니 다른 걱정은 말게."

이략의 말에 감남은 그저 고개를 조아릴 뿐이었다.

감남이 물러가자 이략은 곧바로 좌군도독인 감온에게 가는 서신을 썼다.

그 서신의 말미에도 최악의 경우 자신이 모든 죄를 뒤집어쓰겠다고 적었다.

아니라면 좌군도독부의 지원을 제대로 이끌어 내지 못할 것이라 생각한 까닭이었다.

그 서신을 믿을 만한 수하에게 맡겨 좌군도독부가 있는 절강으로 보낸 뒤 이략은 곧바로 자신들의 흔적을 지우기 시작했다.

미리 나간 감남도 같은 일을 하겠지만, 그가 모르는 일들은 자신이 정리하는 수밖에 없었던 것이다.

공지혼.

현 곡부현의 지현(知縣:정7품 관리)으로, 곡부의 중심인 공부(孔府) 출신이다.

공부 사람들이 대부분 그렇듯이 그도 공자의 직계 혈손으로 남다른 자부심을 가진 이였다.

그런 그가 현승을 앞에 두고 화를 내고 있었다.

"이 서류를 설명해 보란 말일세. 내 명도 없이 현청의 포교들이 동원되었어. 아아, 좋아. 현의 치안을 담당하는 것이 자네의 일이니 부득불 내 허락을 득하지 않고 동원해야만 했을 수도 있겠지. 한데 왜 도지휘사사의 병력이 현에 들어오는 것을 내가 몰랐느냐, 그 말일세."

지현의 서탁에 놓인 서류는 산동성 도지휘사사의 병력을 청한 것으로, 현승의 관인과 수결이 찍혀 있었다.

"그, 그것이……."

현승은 답을 할 수 없었다. 무슨 이유로도 변명을 할 수 없는 상황이기 때문이다.

군사적 필요성으로 인한 좌군도독의 명이 아니라면 현 내로 병력을 들이기 위해선 반드시 지현의 허락이 필요했던 것이다.

특히 공자의 사당을 모시는 곡부의 경우는 그 제약이 더

엄격했다.

 지금도 일언반구 없이 무장 병력을 곡부로 들였다고 곡부의 서생들이 모조리 들고일어난 상황이었다.

 그리고 지현의 거처엔 단단히 화가 난 공부의 부장(府長)이 와 있었다.

 "누구의 명인가? 배후가 누구인가를 묻는 것일세."

 "지, 지현 대인, 배, 배후라니요. 가당치도 않은 말씀이십니다."

 "내가 바보로 보이는가?"

 바보? 절대 아니다.

 겨우 열여섯에 대과에 급제한 자이니 천재란 말이 더 어울릴 사람이다.

 더구나 그 어린 나이 때부터 관직에 올라 경력을 쌓더니 스물둘에 이곳 곡부현의 지현으로 부임해 온 사람이다.

 그동안 그가 이룩한 공이 적지 않아 황제에게 어사주를 내려 받은 일이 여러 차례였다.

 그 탓에 누구도 그의 나이가 어리고 경륜이 짧은 것을 문제 삼을 수도 없었다.

 "아, 아닙니다, 대인."

 "하면 대체 누구인가? 누구의 지시를 받았느냐, 그 말일세."

 제법 서슬이 퍼런 지현의 물음에 현승은 곤혹스런 표정이 역력했다.

 그렇다고 답을 할 수는 없었다. 말을 하지 않으면 좌천을 당할지도 모르지만 입을 열면 목숨을 부지할 수 없다는 걸 알기 때문이다.

"……"

 그 탓에 입을 다물고 있는 현승에게 지현의 노성이 쏟아졌다.

"정녕 자네가 날 능멸하려 든단 말인가!"
"송구합니다. 드릴 말씀은 그것뿐이옵니다, 대인."
 현승의 답에 지현의 눈썹이 꿈틀거렸다. 그의 태도로 보아 배후에 있는 이들의 세력이 결코 작지 않다는 것을 짐작한 까닭이다.

"하면 내 스스로 알아내지. 나가 보게."
 지현의 말에 현승은 불안한 표정으로 물러났다.

 그가 나가자 지현은 곧바로 자신의 거처로 발걸음을 옮겼다. 사사로이는 가문의 어른이 한참 동안 자신을 기다리고 있는 중이었기 때문이다.

 그가 거처로 들어서자 방 한쪽에 앉아 있는 노학사가 보였다.

"송구합니다."
 고개를 숙이는 지현에게 노학사가 고개를 끄덕였다.
"나랏일이 우선인 법이니……. 이젠 다 끝나신 겐가?"

"예, 급한 일은 얼추 마쳤습니다."
"하면 게 앉게. 내 해야 할 말이 기니."
공부의 부장인 공도의 말에 지현이 조심스럽게 그 앞에 앉았다.
"내가 왜 왔는지는 알 것이고……."
"예, 부장 어른."
"무장 병력… 언제 물러나는 겐가?"
"병력은 소인의 휘하가 아닌지라……."
"하면 저대로 두겠단 소린가?"
뒤의 음성이 살짝 높아졌다. 그런 공도를 바라보며 지현이 말을 이었다.
"제 허락이나 명이 없이 들어오긴 하였으나, 실제로 중한 범죄가 일어났으니 철수는 제 마음대로 할 수 없는 일이 되었습니다."
"하면?"
"도지휘사사와 상의하여 누가 되지 않도록 하겠습니다."
"곡부는 공자님을 모시는 공묘(孔廟)가 있는 도시일세. 그런 곳에 무장 병력이 들어온 것만으로도 누가 되었음을 모른단 말인가!"
"송구합니다, 부장 어른."
"이것이 자네가 내게 사과하는 것으로 끝날 일이라 생각한다면 큰 오산일세."

"압니다. 하지만 사람이 죽은 사건이 일어났고, 그것을 처리하러 들어온 병력입니다. 그것도 한둘이 아니라 백여 명의 사람이 죽었습니다."

"흐음……."

사람이 죽어 나간 일을 내세우니 공도로서도 야단만 칠 수 없는 노릇이었다.

실제로 그 일로 인해 곡부 전체가 불안에 떨고 있는 것도 사실이었으니 말이다.

"물론 그 일을 빌미로 병력을 들인 것은 아닙니다."

"하면 왜 들였단 말인가?"

"그것을… 소인도 잘 모르겠습니다."

"그게 무슨 가당치도 않은… 대체 현에서 벌어진 일을 지현이 모르면 누가……."

말을 하다 만 공도의 눈에 이채가 어렸다. 그런 그에게 지현이 조심스럽게 말했다.

"현승이 움직였습니다. 그것도 사전에……. 그건 죽어 나갈 사람이 있다는 것을 미리 알았다는 뜻이 됩니다."

지현의 말이 사실이라면 그 안에 든 위험과 음모가 결코 작지 않을 일이었다.

"틀림없는 사실인가?"

"소인이 어찌 거짓을 아뢰겠습니까?"

"하긴 자네가 그럴 이유가 없긴 하지만……."

사적으로 따지면 조카 손자뻘이다.

어릴 때부터 유독 총명하여 공도가 직접 가르치기도 했었다.

그런 연유로 두 사람의 관계는 생각 이상으로 두터웠다.

"소인을 좀 도와주십시오, 부장 어른."

지현의 말에 잠시 그를 바라보던 공도가 물었다.

"어찌… 말인가?"

"배후를 알고 싶습니다. 그것을 알면 이 일의 매듭을 풀 수 있을 것입니다."

"굳이 알아야 하는 이유라도 있는 겐가?"

정치다.

정치에 깊이 들어가면 음모와 모략이 판을 친다.

그 난세의 바다로 발을 들이기엔 아직 지현의 경륜이 짧았다.

그것이 공도의 마음을 불안케 하고 있었다.

"백이나 하는 사람이 죽은 일입니다. 이번 일은 해결해야 합니다. 아니면 다시 일어날 수도 있음입니다."

"뭔가 짚이는 것이라도 있는 겐가?"

"소수서원의 시신들 중엔 제가 아는 얼굴이 없었습니다."

"그게 무슨 소린가?"

지현인 공지혼은 곡부에서 나고 자란 사람이다.

당연히 곡부에 위치한 서원의 서생들과도 안면이 많은 이였다.

 그런 사람이 소수서원에서 죽은 백여 명의 서생들 중 아는 사람이 없다는 건 말이 되지 않았다.

 "아무래도 제 생각엔 그들은 소수서원의 서생들이 아닌 듯합니다."

 "하면 소수서원의 서생들은 어디로 가고?"

 "그것을 알아보려 하였으나… 현승이 교묘하게 가로막은 탓에 아직 밝혀낸 것이 없습니다."

 "하면 어찌할 생각인가?"

 "이번 일의 배후가 무슨 일을 꾸미려는 것인지까진 알고 싶지도 않습니다. 다만 그들이 곡부에서 손을 떼기만을 바랄 뿐입니다."

 그 정도라면…….

 "진심인가?"

 "예, 부장 어른."

 지현의 답에 잠시 망설이던 공도의 고개가 천천히 끄덕여졌다.

 "알았네. 내 돕도록 하지."

 공도의 답에 지현의 얼굴이 밝아졌다.

 "감사합니다, 부장 어른."

 그러나 환하게 변한 지현의 얼굴을 바라보는 공도의 표정은 썩 좋지 못했다.

자신의 결정이 과연 옳은 것인지 여전히 확신이 서지 않았기 때문이다.

그렇게 곡부의 현청에서 자그마한 파문이 시작되고 있었다.

벽사흔이 황궁을 다녀온 지 이틀이 지났다.
"병력이 철수한다고?"
"예, 대협. 금군이 철수를 시작하였습니다. 소인이 이 두 눈으로 직접 확인하였습니다."

태산파 제자의 보고에 벽사흔의 입가로 미소가 깃들었다.

금군으로 잘못 말하긴 했지만, 모르는 이들에게 향방군이니 도독군이니 친위금군이니 하는 구별은 모호할 수밖에 없었을 것이다.

그래도 알아듣는 것엔 지장이 없었다. 어차피 곡부에 들어와 있던 병력은 오로지 산동성 도지휘사사의 향방군 병력뿐이었기 때문이다.

"하온데……."

"왜? 이상한 점이라도 있는 겐가?"

"그게… 포교들이 강화되고 있사옵니다."

"포교들이?"

"예, 현청에 속한 포교들만이 아니라 제녕 안찰분사사(按察分使司)의 포교들까지 보입니다."

"제녕 안찰분사사?"

"예, 대협."

제녕 안찰분사사라면 곡부현이 속한 제녕부에 위치한 치안 기구이다.

상위 기구로는 산동성 안찰사사와 그 위에 놓인 형부(刑部)뿐이다.

물론 서열상으로는 상위 기구가 분명한 산동성 승선포정사사와 제녕부가 관여할 수 있을 것이긴 했다.

하지만 그들이 왜?

"혹시… 지현과 현승의 사이가 좋지 않은가?"

"그것까지는 잘……. 알아볼까요?"

태산파 제자의 물음에 벽사흔이 고개를 끄덕였다.

"그렇게 하게."

"예, 대협."

답한 태산파의 제자가 달려 나가자 도왕이 다가왔다.

"너무 깊이 들어가는 거 아니야? 관부의 일에 개입해 봐야 좋은 꼴 보긴 어려워."

"알아."

"하면 대충 마무리 짓지."

도왕의 말에 주변에 서 있던 벽하삼웅의 대형과 막내, 길전의 표정이 어두워졌다.

그들이 손을 떼면 태산파의 능력으론 더 이상 문제를 파헤칠 수 없기 때문이다.

"그럼 저들은 어쩌고?"

벽사흔의 물음에 도왕이 미간을 찌푸렸다.

"자신들의 일은 스스로 해결하는 것이 원칙이야. 이 정도까지 했으면 우린 할 만큼 한 거라고."

강호의 생리상 도왕의 말이 맞다.

하지만 벽사흔은 지금 물러날 수 없었다.

태산파가 마음에 걸리기도 했지만 더 중요한 건, 태후가 손을 떼는 것을 알아야 했기 때문이었다.

"조금만 더 지켜보자고."

예상외로 관심을 거두려 들지 않는 벽사흔의 답에 도왕은 두말없이 물러났다.

어쨌거나 관부가 강호의 일에 손을 댄 것은 그도 마음에 들지 않았던 까닭이다.

그 문제를 해결할 수 있다면 그건 그거 나름대로 나쁠 것이 없었다.

도왕이 물러나자 도군은 물론이고, 태산파에서 합류한 현천검작도 입을 다물었다.
그런 상황에서 돌아온 태산파의 제자는 예상외의 소식을 전해 주었다.
"현승이… 투옥되었다?"
"예, 대협. 현승이 직권남용으로 현청의 옥사에 투옥되어 있답니다."
"하면 제녕부의 포교와 포쾌들은 누가 요청했단 말이더냐?"
현의 치안을 담당하는 것은 현승의 몫이다. 그 탓에 현승 중엔 무장 출신도 적지 않았다.
"제녕부의 지부 대인이 공부 출신이랍니다."
"하면……?"
"공부의 부장이 손을 썼다는 소문이 적지 않습니다. 혹시 모르실까 봐 말씀드리지만, 이곳 곡부현의 지현도 공부 출신입니다."
그것이 사실이라면 소문의 신빙성은 상당히 높았다.
"지현을 만나 봐야겠다."
벽사흔의 말에 사람들의 눈이 커졌다.
강호에선 삼황으로 유명세를 타고 있는 벽사흔이라 해도 관부에선 일개 불한당에 지나지 않는다.
그런 이를 지현이 쉽게 만나 줄 리 없었다.

특히 지금처럼 커다란 살인 사건이 벌어진 직후라면 두말할 필요도 없었다.

"좋은 생각 같진 않은데."

도왕의 반대에 도군이 힘을 실었다.

"그건 나도 같은 생각이오. 만나 주지 않는 것도 문제겠지만, 만나서도 문제가 될 거요. 자칫 범인으로 몰릴 수도 있고."

자칫 그렇게 몰리면 문제가 커진다. 실제로 자신들이 범인이기 때문이다.

물론 학사들을 죽인 건 아니지만, 관부가 그것을 가려 줄리 만무했던 것이다.

"빈도도 두 분의 생각과 같습니다. 만나지 않으시는 것이……."

현천검작까지 반대를 하고 나섰지만 벽사흔은 기어코 현청으로 향했다.

그런 벽사흔을 다른 일행들은 불안한 시선으로 바라볼 수밖에 없었다.

물론 최악의 경우가 와도 잡혀 있을 것이란 생각은 들지 않았다. 그를 잡아 둘 만한 능력이 곡부현 같은 작은 도시에 있을 리 없는 까닭이었다.

† † †

제녕부의 지원을 받은 지현, 공지혼은 향방군이 철수한 후 포교들을 대대적으로 투입하여 사건의 진상을 캐기 위해 동분서주 중이었다.

물론 그 배후에 대해서도 공부의 부장인 공도의 도움을 받아 다각도로 접근 중이었다.

그런 그에게 뜻하지 않은 손님이 찾아왔다.

"이, 이걸 전하신 분은 어디 계시느냐?"

볼품없는 문양이 새겨진 동패를 보고 당황한 지현의 물음에 하급 관리가 조심스럽게 답했다.

"객청으로 모셔 놓았습니다만… 중한 손님이십니까?"

"그… 아니, 되었다. 내가 직접 가 보겠다."

하급 관리를 남겨 둔 지현은 서둘러 현청에 딸린 객청으로 향했다.

객청 안으로 조심스럽게 들어선 지현은 곧바로 고개를 조아렸다.

"곡부현의 지현 공지혼, 칙명어사를 뵈옵니다."

칙명어사(勅命御史).

한마디로 황제의 명을 직접 전하는 관리를 뜻한다. 그가 하는 말은 황명과 같은 무게를 갖는다.

더구나 어사의 직분이 단순히 명을 전하는 것만이 아닌 것을 보면 그 위세나 위엄은 도찰원의 실질적 수장인 우도어사를 뛰어넘는 것이었다.

당연히 죄가 없어도 관리라면 절로 주눅이 들 수밖에 없었다.

공지혼은 인사가 끝나자 대단히 조심스러운 동작으로 동패를 내밀었다.

그것을 받아 드는 이는 벽사흔이었다.

그가 칙명어사의 동패를 받은 것은 며칠 전 황궁에 갔을 때였다.

당시 황제는 그와의 연결 고리를 만들어 두고 싶었던지 칙명어사패를 억지로 떠넘겼었다.

거듭 거절하는 벽사흔에게 황제는 자신의 정표 정도로 보아 달라고 말했었다.

그 말에 마지못해 받아 두었던 것이 오늘 요긴하게 쓰인 셈이었다.

"조사… 중단해."

"예?"

놀란 탓에 고개를 든 공지혼의 시선은 당혹으로 물들어 있었다.

"중지하라고."

"어, 어찌하여……?"

"내가 설명해야 하나?"

벽사흔의 반문에 공지혼은 황급히 고개를 조아렸다.

"아, 아니옵니다."

칙명어사의 말은 황명과 같다.

그 말은 자신의 물음이 황제에게 향하는 것과 같음을 뜻했다.

"그럼 접는 것으로 알고 가도 되겠나?"

"그, 그것이… 모든 조사를 다 중지해야 하옵니까?"

"그래."

"살인 사건의 범인만이 아니라, 현승의 독단과 직권남용도 말씀이시옵니까?"

지현의 물음에 벽사흔은 고개를 끄덕여 보였다.

"마찬가지다."

자신이 황궁에서 알아낸 바대로라면 이곳에서 벌어지는 일련의 일들은 태후가 벌인 것이다.

일개 지현이 얼마나 깊이 파고들 수 있을지 모르겠지만, 태후에게 흠집이 나는 일은 만들고 싶지 않은 것이 벽사흔의 마음이었다.

그리고 어차피 위계를 위해 투입되었던 병력이 급거 철수한 것만으로도 태산파에 가해질 압력도 더 이상 이어지지 않을 가능성이 높았다.

아마도 양 공공이 태후를 설득했든지, 아니면 자신의 출현에 태후가 겁을 먹었을 수도 있었다.

이랬거나 저랬거나 자신이 원하는 모든 바가 이루어진 마당이니 굳이 일을 파고들어 태후에게 상처를 입힐 생각은 없었던 것이다.

그것이 벽사흔으로 하여금 굳이 칙명어사패까지 꺼내 들도록 만든 이유였다.

여하간 칙명어사패를 동원했으니 일은 마무리될 것이라 믿었다. 지금까지는.

"송구하오나, 소관은… 그리할 수 없사옵니다."

"뭐?"

"그리할 수 없다 말씀 올렸사옵니다, 칙명어사 대인."

숙였던 고개를 들고 자신을 직시하는 지현을 어이없는 눈길로 바라보던 벽사흔의 고개가 갑자기 모로 기울었다.

"너, 나 알지?"

"예?"

"분명 널 본 적이 있는데……."

벽사흔의 말에 공지혼도 기억을 뒤지기 시작했다. 하지만 자신이 칙명어사처럼 높은 관리와 인연을 맺은 기억은 없었다.

"잘못 보신 듯합니다만……."

공지혼의 말에도 불구하고 과거의 기억을 모조리 들춰내던 벽사흔이 자신의 무릎을 쳤다.

"아! 그 겁대가리 없는 꼬마 놈."

"예?"

당황하는 공지혼을 바라보며 벽사흔이 피식 웃었다.

"껍대가리 없긴 지금도 마찬가지인 모양이로구나."
"절… 정말로 아십니까?"
"알지. 황상의 청혼을 거부한 놈은 네놈이 처음이었으니까."

황상의 청혼.

그가 급제하여 황상을 처음 만나던 날, 그의 능력과 인품을 높게 보았던지 황제가 자신의 조카와의 혼인을 청했었다.

하나 공지혼은 태중혼약이 된 여인이 있다며 그것을 거절했었다.

다른 이들이 들었다면 미친놈이라며 입에 거품을 물 일이었지만 공지혼은 조금도 후회한 적이 없었다.

하지만 그 일을 아는 사람은 극히 드물다. 당시 그 자리에 있던 사람은 황제 외에 단 둘뿐이었기 때문이다.

그 생각에 슬쩍 상대를 다시 살폈지만 절대로 환관은 아니었다. 그렇다면…….

"서, 설마!"

관부인이라면 무조건 지켜야 하는 금기가 하나 있었다.

반대도, 질문도, 회피도, 거짓도 하지 마라.

물론 모두에게 해당되는 말은 아니다.

오로지 한 사람, 어림대장군이라는 직함을 가진 무장 한 사람에게 해당된 말이었다.

황제에게조차도 반대를 하고, 질문도 하고, 답을 피하기도 하며, 때론 거짓도 말하지만 절대로 어림대장군에겐 하지 말아야 했다.

그에 대한 반대는 죽음으로, 질문과 회피는 폭력으로, 거짓은 끔찍한 고문으로 돌아오기 때문이다.

문제는 그 보복이 당사자 한 사람에서 끝나지 않는다는 것이다.

한때 황실의 법도를 지키지 않는다며 어림대장군을 탄핵했던 문관은, 그의 가문은 물론이고 그를 배출한 서원의 서생들과 관리들까지 몰살을 당해야 했다.

물론 그 일을 명한 사람은 어림대장군이 아니라 황제였지만, 결과는 같았다.

그것을 똑똑히 기억하고 있는 공지혼으로서는 상대의 신분을 짐작하는 순간 몸에 난 털이란 털은 모조리 일어섰다. 자신이 감히 반대를 입에 담았기 때문이다.

"어, 어림대장군!"

"지랄, 그 직함 내려놓은 지 한참이야."

물론 본인은 그렇게 말한다.

하지만 관부인들 대부분은 그렇게 생각하지 않았다. 황제가 단념하지 않았던 까닭이다.

인정과 다름없는 그 말에 공지혼이 황급히 부복했다. 겨우 정7품의 지현이 꼿꼿이 서서 마주할 수 있을 만한 상대가 아니었던 까닭이다.

"대, 대인."

"그나저나 덮을 수 없다고?"

"대, 대인……."

말이 절로 떨려 나올 정도로 덜덜 떨어야 했다. 그런 공지혼을 지그시 바라보던 벽사혼이 물었다.

"어디까지 파 볼 생각인데?"

"그, 그것이……."

상대의 의중을 제대로 알지 못하니 답도 갈 길을 정하지 못하는 것이다.

괜히 어깃장으로 묻는 것에, 자신의 의중이 고스란히 드러나는 대답을 해 버리면 목이 날아갈 것이 뻔했기 때문이다.

그것도 자신 혼자만이 아니라 공부 사람들의 목이 모조리.

설마 공자의 가문을 멸문시키겠냐고 하는 사람이 있을지 모르지만, 어림대장군이라면 충분히 그러고도 남을 위인이었다.

곡부 인근에 위치한 추성에 자리를 잡고 살던 맹자의 집안을 피로 씻은 사람이 바로 벽사혼인 까닭이다.

이유는 한 가지였다.

황제에 대한 모독.

조카를 폐위시키고 무력으로 황제의 자리에 오른 영락제의 아들이 어찌 염치없이 황제의 자리를 넘겨받으려 하냐는 맹부의 상소가 원인이었다.

홍희제는 탄식하며 별다른 말이 없었지만, 분노한 벽사흔은 어림군을 이끌고 내려가 아예 맹씨 성을 가진 자는 모조리 잡아 죽여 버렸다.

패황인 영락제 시절엔 입도 뻥긋하지 못하다가 유약한 홍희제의 여린 마음을 이용했다는 것이 벽사흔의 분노를 산 것이었다.

그 일로 들고일어난 서생들과 학자들의 수가 수만이었다. 그런 이들에게 벽사흔이 포효했다.

학자의 양심은 힘 앞에 소용이 없다.

그것이 정의에 기반을 둔 일이라면 결코 물러섬이 없어야 했다.

맹부는 영락제 시절에 피를 토해야 했고, 유학자들은 그때 죽음으로 뜻을 알려야 했다.

그러지 않았음은 스스로 힘 앞에 뜻을 꺾은 것이다.

이제 와 그것을 펼쳐 드는 것은 황상의 여린 성정을 이용한 치졸한 공명일 뿐이다.

나는 그것을 결코 용납지 않을 것이다.

너희의 주장이 정의라면, 죽음으로 내 앞에 증명해 보여라.

그리고 그것을 실행해 보이듯 벽사흔은 머뭇거림 없이 칼을 들었다.

그날, 황궁 앞에 모여들어 황제와 벽사흔의 죄를 성토하던 유학자 수천 명의 목이 잘려 나갔다.

그 수십 배에 달하는 유학자들은 살기 위해 도주했다.

하지만 반발은 채 보름이 되기 전에 흔적도 없이 사라졌다.

맹부의 일을 입에만 담아도 어느새 달려와 목을 치는 어림군의 서슬에 서생들과 학자들이 꼬리를 내린 것이다.

결국 또다시 유학자들이 힘에 굴복하여 입을 다묾으로써 벽사흔의 주장이 사실임을 입증한 셈이 되었다.

그 일로 높은 학식으로 유명하던 몇몇 유학자는 스스로 부끄러움을 느껴 산속으로 들어가기도 했다.

그런 일을 벌였던 이가 상대이니 공지혼으로서도 당황감에 빠져 허우적거릴 수밖에 없었다.

척 보기에도 식은땀으로 축축하게 젖어 드는 공지혼의 등을 바라보던 벽사흔이 물었다.

"꼬투리나 잡자고 묻는 말이 아니다."

그 말에 슬쩍 고개를 들어 벽사흔을 일별한 공지혼이 말했다.

"저, 정말이십니까?"

"쯧, 속고만 살았더냐?"

"소, 송구하옵니다."

"다시 물으마. 어디까지 파 볼 생각이냐?"

"배, 배후를 파악할 때까지… 이옵니다."

"배후를 파악하면, 그 이후엔?"

"타인이 자신을 안다는 것만으로도 버거운 것이 정치라 알고 있사옵니다."

"그저 알고만 있겠다?"

"예. 그것만으로도 상대는 이후의 행보에 조심을 기울일 것입니다. 그만큼 잘못된 일이 줄어들 것이라 생각하옵니다."

공지혼의 말대로라면 나쁠 것이 없다.

안에서 양 공공이 자꾸 제어하려 들고, 밖에서 자신을 주시하는 눈까지 있다면 태후의 운신 폭은 자연스럽게 줄어들 테니 말이다.

"좋아. 파 봐."

"예?"

놀라서 되묻는 공지혼에게 벽사흔이 다시 말했다.

"파 보라고. 대신 확인만 하고 그냥 두고만 본다는 네 말은

외부의 시선을 두다 • 47

반드시 지켜야 할 것이다."

"며, 명심하겠습니다."

"참! 쉽지 않은 일이라는 건 알고 있나?"

"압니다."

결의가 느껴지는 음성에 피식 웃어 보인 벽사흔이 말했다.

"의지만의 문제가 아니야. 저들은 너쯤은 식전 운동 거리도 안 될 정도로 간단하게 지워 버릴 만한 자객을 보유하고 있어."

그 말에 공지흔의 안색은 시커멓게 변해 버렸다.

"소, 소관이 잘못되는 것은 상관이 없으나… 소관은 지켜야 할 가족이 있사옵니다."

"가족? 성혼… 했더냐?"

"예."

"그럼 그때 그……."

벽사흔이 무엇을 말하는지 알아들은 공지흔이 겸연쩍은 얼굴로 고개를 끄덕였다.

"예. 태중혼약을 맺었던 약혼자와 하였습니다."

그 답에 벽사흔의 입가에 미소가 어렸다.

당시 황제가 알아본 바에 의하면, 그와 태중혼약을 맺은 여인의 집안은 그리 대단한 가문이 아니었다.

지방 토호임은 분명했지만 중앙 정계로 진출한 적도 없고,

지방 관리들 몇 명만 간신히 배출한 작은 가문이었던 것이다.

그런 가문과의 약속을 지키기 위해 군주라는 지고한 자리의 여인을 거부했던 것이다. 그것도 황제의 중매를 말이다.

"슬하에 자식은 보았더냐?"

벽사흔의 물음에 공지혼의 입가로 미소가 깃들었다.

"아들 하나에, 딸 하나를 두었습니다. 얼마 안 있으면 식구가 한 명 더 늘 것이옵니다."

임신했다는 말이다. 그 말에 벽사흔의 미소가 짙어졌다.

"축하할 일이로구나. 알았다. 네 가족을 보호할 만한 이를 소개시켜 주마."

"저, 정말이십니까?"

놀라는 공지혼에게 벽사흔이 퉁명을 떨었다.

"내가 거짓말이나 하고 다닐 것처럼 보였더냐?"

"아, 아니옵니다."

당황하는 공지혼의 음성이 객청을 채우고 있었다.

† † †

점심나절에 나갔던 벽사흔이 객잔으로 돌아온 것은 해가 저물어 가는 시점이었다.

걱정에 이제나저제나 기다리던 사람들이 그의 곁으로 몰

려들었다.
"괜찮은 거야?"
"그래."
"도망가야 하는 건 아니고?"
도왕의 물음에 벽사흔이 피식 웃었다.
"도망을 왜 가. 죄지은 것도 없이."
"그, 그냥… 설마 이렇게 하고 온 건 아니지?"
손으로 자신의 목을 그어 보이는 도왕에게 벽사흔이 혀를 찼다.
"쯧, 내가 무슨 살인마야? 무조건 목을 자르게."
"후~ 아니면 됐다."
벽사흔의 답에 안도의 한숨을 내쉬는 것은 도왕만이 아니었다. 그 탓에 벽사흔의 인상은 잔뜩 찌푸려졌지만 그뿐이었다.
"내일 떠날 테니, 그리 알고 준비해."
벽사흔의 말에 도왕이 의아한 표정으로 물었다.
"도망 안 가도 된다면서?"
"도망가자고 한 거 아니잖아."
"그야 그렇지만, 갑자기 떠난다니까 그렇지."
"대충 일을 마무리 지었으니까 더 이상 머물 필요가 없다는 소리일 뿐이야."
"어떻게 마무리가 되었단 건데?"

"태산파 쪽에 가해지던 압력은 사라질 거다. 대신 이곳 곡부현의 지현을 지켜 줘야 할 거야. 그가 위험 부담을 안는 덕이니까."

얼른 알아듣지 못한 벽하삼웅의 대형이 나섰다.

"무슨… 말씀이신지?"

"너희 쪽에 압력을 가한 곳이 관부란 말이다. 그걸 곡부현의 지현이 막아 줄 거란 소리고."

"일개 지현이 막을 만한 세력이었단 말씀이십니까?"

도무지 이해하지 못하겠단 표정인 대형의 물음에 벽사흔이 말을 이었다.

"그냥 지현이 아니잖아. 공부를 등에 업은 놈이지."

"하오면……?"

"그래. 이번 일에 공부가 나섰어. 그러니 가능한 일이고. 문제는 그 노력을 수포로 만들기 위해서 상대가 손을 써 올 수도 있다는 것이지. 그걸 막는 것이 너희 태산파를 지키는 일이 될 테고."

비로소 알아들은 대형이 고개를 끄덕이다 말고 걱정 어린 음성으로 말했다.

"하오나… 그간의 상황으로 미루어 보면 저희만으로 막기엔……."

상대가 너무 버거울 것이다. 가뜩이나 세력이 몰락한 태산파에서 동원할 수 있는 고수는 고작 벽하삼웅 정도일 테니

외부의 시선을 두다 • 51

까 말이다.

 그걸 알기에 벽사흔은 한쪽에 서 있던 현천검작을 바라보았다.

 "세상 공부, 여기서 좀 해 보지."

 "무슨 말씀이신지……?"

 "목민관(牧民官)의 곁이야. 백성의 삶과 관인의 시각을 모두 배울 수 있는 자리지. 한 반년이면 될 테니 나쁘지 않은 기회라고 생각하는데, 어때?"

 벽사흔의 말이 무엇을 뜻하는지 알아차린 벽하삼웅의 대형과 길전의 갈망이 담긴 눈이 현천검작에게 향했다.

 사람들의 시선에 결국 현천검작이 손을 들고 말았다.

 "그리… 하겠습니다."

 현천검작의 답에 벽하삼웅의 대형이 정중히 포권을 취해 보였다.

 "은혜에 감사드립니다, 대협."

 "은혜는 무슨… 내 공부이기도 한 것을."

 현천검작의 답에도 불구하고 벽하삼웅의 대형은 고마움을 감추지 못했다.

 "그럼 나머진 내일 떠나는 걸로 하지. 참! 너도 돌아가고, 너도 집에 가야지?"

 벽사흔의 지목을 받은 도왕과 도군이 고개를 끄덕였다.

그날 밤, 도왕이 먼저 벽사흔을 찾았다.

"왜?"

"지난 무림지회의 일 말이다."

걸군의 살인범으로 몰려 다른 십대고수들과 충돌한 일을 말하는 것이었다.

"그게 뭐?"

"그들이 널 몰아붙인 게 고의는 아니라는 걸 알아줬으면 좋겠다."

"그런 건 몰라. 하지만 감정은 없다."

"저, 정말인 거지?"

도왕의 물음에 벽사흔이 시큰둥하니 답했다.

"두들겨 팬 건 나니까. 그걸로 퉁 치자고 전해. 괜히 나중에 그 일로 꽁해서 뒤통수나 치지 말고."

"그건 걱정하지 마라. 그렇게 정신없는 이들은 아니니까."

다른 때였다면 그 잘난 자존심들로 인해 그런 생각을 품은 이들이 나올 수도 있었다. 하지만 요사이의 상황은 그렇게 녹록하지 못했다. 무극검황의 일신에 문제가 생겼다는 인식이 퍼진 까닭이다.

세상 모든 사람이 알고 있듯이, 무극검황이 잘못되면 멸겁도황을 막을 방패가 사라진다.

그 순간 백마전쟁은 필연적으로 벌어질 수밖에 없다. 그간 마도가 받아 온 핍박과 설움이 결코 작지 않았으니까 말이다.

그런 상황에서 삼황이라 불리게 된 벽사흔의 등장은 백도에겐 구명줄이나 다름이 없었다.

물론 그가 속한 진마벽가가 정사지간을 표방한다는 것은 알고 있었다.

하지만 백도의 도왕과 자별한 관계를 유지하는 한 그가 누구의 편에 설 것인지는 명백했다.

그리고 그것을 더 확실하게 굳히기 위해 백도의 고수들은 결코 벽사흔을 터부시할 수 없었다.

"그렇다면 됐어."

벽사흔의 답에 큰 산 하나를 넘은 도왕이 조심스럽게 다음 산을 오르는 마음으로 물었다.

"참, 일전에 너 무극검황 선배를 만났었다면서?"

"그래. 제멋에 사는 말코를 하나 만났었지."

"소문… 대로 되었을까?"

"뭐, 죽었다는 거?"

"주, 죽긴… 등선 말이야."

"등선은 무슨 개뿔. 산 사람이 신선되는 거 본 적 있냐?"

"그, 그야……."

달리 답을 할 수 없다. 무당의 시조라는 장삼풍조차 등선하는 모습을 직접 본 사람은 없으니까 말이다.

"등선이든 해탈이든, 죽는 건 다 똑같아. 인간이 피할 수 있는 일이 아니니까."

"뭐, 그렇게 말한다면 그럴 수도 있겠지만……. 여하간 네가 보기엔 어때? 소문처럼 되었을까?"

"그걸 왜 나한테 물어? 가장 잘 알 만한 말코 하나가 근처에 있잖아."

현천검작을 말하는 것이다.

무당에서 무력으론 두 번째 자리에 있으니 무당의 정보엔 세상 누구보다 더 가까이 있을 사람이었기 때문이다.

"현천검작은 너에게 물으라던데?"

"미친놈, 제 놈 사백의 일을 내가 어찌 안다고……."

아마도 일전에 태산파에서 나누었던 말 때문일 것이다.

"이야기 좀 해 봐. 현천검작이 그리 말할 정도라면 네가 아는 게 있다는 것일 테니까."

채근하는 도왕에게 벽사흔이 마지못해 답했다.

"적어도 이삼 년은 괜찮아."

도왕은 그 말에 든 위험성을 빨리 알아차렸다.

"하면, 그 안에……?"

"그야 모르지. 만년삼왕이라도 주워 먹고 더 살지."

"만년삼왕이면 효과는 있고?"

마치 가지고 있는 사람처럼 묻는 말에 벽사흔이 피식 웃었다.

"그야 모르지. 먹어 봐야 아는 거니까. 하지만 그래 봐야 몇 년, 아니 짧으면 몇 달이나 며칠 정도 더 사는 것뿐이야."

"소용없다는 소리로군."
"알면 됐고."
벽사흔의 답에 도왕이 조심스럽게 물었다.
"그럼 뒤는 맡아 주는 거지?"
"무슨 뒤?"
"알잖아?"
안다. 무당의 말코가 현천검작을 딸려 내려보낸 이유도 그래서였으니까.
하지만 괜한 일에 엮일 생각은 없었다. 그래서 떨구고 다녔고, 이번에도 이곳에 떨어트리고 가려는 것이었다.
그렇기에 벽사흔의 고개는 머뭇거림 없이 가로 저어졌다.
"내가 왜?"
"그렇지 않으면 전쟁이 벌어질 테니까."
"그거야 내가 알 바 아니고."
"그 전쟁은 벽가도 피할 수 없을 거다."
"멸겁도황이란 놈이 그렇게 멍청하다면 어쩔 수 없는 거고."
자신이 본 무극검황은 분명 부담스런 상대였다. 하지만 딱히 질 거란 생각은 들지 않았다.
그렇다면 그와 맞수라는 멸겁도황도 마찬가지다. 그자가 싸움을 걸어온다면 박살 내 줄 자신이 있었다.
그 자신감을 읽었는지 도왕이 다른 것을 지적했다.

"너는 그렇겠지. 하지만 벽가의 무사들과 가솔들은?"

도왕의 물음에 벽사흔의 얼굴은 형편없이 구겨졌다.

하지만 그런 그를 바라보는 도왕의 표정은 다시 밝아지고 있었다.

刀帝

 벽사흔과 대화를 나눈 도왕은 개운한 표정으로 그의 방을 나갔다.
 물론 남겨진 벽사흔의 기분은 그다지 좋지 못했다. 자신의 의지와는 상관없이 남의 집 싸움에 끌려 들어간 느낌 때문이었다.
 그런 벽사흔을 도군이 찾아왔다.
 "뭐야? 돌아가며 긁기로 한 거야?"
 툴툴거리는 벽사흔에게 도군이 물었다.
 "그 작자가 긁고 나간 모양이군. 아마 무극검황에 대한 것이겠지?"
 "빌어먹을! 그래."

"반응을 보아하니 들어준 모양이고."

"별수 없었어."

벽사흔의 말에 도군은 순순히 고개를 끄덕였다.

"그렇겠지. 별수 없었을 거야."

"마치 내가 왜 그랬는지 안다는 듯이 말하는군."

"가솔들 때문이겠지."

도군의 말에 벽사흔은 다소 놀란 표정을 지어 보였다.

"덕경이 놈이 알려 주대?"

덕경, 팽덕경. 도왕의 이름이다. 그걸 아는 도군이 고개를 저었다.

"그런 말, 못 들었다."

"한데 어떻게 안 거야?"

"너나 나나, 가솔들을 챙겨야 하는 건 같으니까."

동병상련, 도군은 지금 그걸 말하고 있었다.

"제길, 그래. 지키자면 달리 수가 없었다."

"이해하지. 그래서 하는 말이다만……. 부탁 좀 하자."

"무슨 부탁?"

"독립… 시켜다오."

도군의 말에 벽사흔의 눈이 깊어졌다.

"패권을 인정할 수 없다는 말인가?"

음성도 차가워졌다. 벽사흔이 발하는 위험 신호에도 불구하고 도군은 말을 이었다.

"조상들이 지켜 온 이름이다. 다른 문파 아래에 두고 싶지 않다. 도와다오."

"내가 이쪽저쪽 끌려다니며 사정을 봐주니 우스워 보였던 모양이로군."

"그, 그런 건 아니다."

"아니긴, 내가 아니라 다른 사람이었다면 이렇게 말할 수 있었을까?"

"그, 그건……."

벽사흔의 물음에 도군은 아무런 말도 하지 못했다. 실제로 벽사흔에게 잔정이 많다는 것을 알아차린 까닭에 이런 부탁을 하는 것이었기 때문이다.

그런 도군에게 벽사흔의 차가운 음성이 이어졌다.

"무언가 착각하는 모양인데, 난 선인이 아니라 언제나 악인일 필요는 없다고 생각하는 사람일 뿐이야. 다시 말하자면, 옆에서 조금만 들쑤셔 주기만 하면 언제라도 악인이 될 준비가 되어 있다는 소리지. 내가 악인이 되는 걸 보고 싶다면 언제라도 무방해. 대신 대가는 치러야 할 거다."

도군은 결국 아무 말도 하지 못하고 물러 나갔다. 자신이 원하던 것을 이루지 못한 것이다.

하지만 그렇다고 전혀 소득이 없는 것은 아니었다.

적어도 벽사흔이 어떤 종류의 사람인지는 알았으니까 말이다.

그렇게 복잡한 일들이 일어난 밤이 천천히 깊어 가고 있었다.

다음 날 아침, 사람들은 예정대로 모두 흩어졌다.
현천검작과 벽하삼옹의 대형을 비롯한 제자 둘만 남겨 놓은 태산파의 사람들은 태산파로, 도왕은 팽가가 있는 북직례로, 벽사흔은 광서로 나뉘었다.
특이한 것은 같은 광서에 자리한 단리세가로 향해야 할 도군이 벽사흔과 떨어져 움직였다는 것이다. 그것도 벽사흔의 거부에 의해서.
그 탓에 홀로 단리세가로 돌아가는 도군의 얼굴은 수심으로 가득했다.

† † †

벽사흔이 돌아온 진마벽가는 평소와 다름없었다. 여전히 연무장에선 무사들의 기합 소리가 우렁찼고, 아낙들과 아이들의 웃음소리도 들려왔다.
그런 평온에 곡부에서 쌓인 감정을 털어 버리고 다시 기분 좋게 들어서던 벽사흔은 고개를 갸웃거려야만 했다.
무언가 알게 모르게 벽가 내부의 공기가 달라져 있었던 것이다.

"이건……."

불편함..

그랬다. 뭔가 모르게 불편하던 느낌이 사라졌다.

정문을 지날 때도, 그리고 진마전의 월동문을 지날 때도.

이전에 있던 잘게 깔린 불편함이 사라진 것이다.

그러다 보니 자연스럽게 그 불편함을 제공하던 이들에게 생각이 미쳤다.

"취수전 애들, 요새 노냐?"

진마전으로 들어서던 벽사흔의 물음에 반가운 얼굴로 다가오던 벽야평의 표정이 어두워졌다.

"그게… 취수전주에게 직접 들으시는 것이 좋을 듯합니다."

무언가 일이 있음을 직감한 벽사흔이 명했다.

"불러와."

"예, 가주님."

벽야평이 움직이는 걸 확인한 벽사흔은 자신의 집무실로 들어가 자리에 앉았다.

하지만 왠지 그 자리에 오래 앉아 있을 것 같은 생각은 들지 않았다.

잠시 후 도착한 취수전주, 담상의 보고는 벽사흔이 미간에 깊은 주름을 만들기에 충분했다.

"하면 송찬이 애들하고 그 정보를 쫓아 나갔다?"

"예. 해서 취수전의 가상 실행을 중지하였습니다."

많이 익숙해졌다지만, 아직도 결과를 놓고 간간이 의견 충돌이 일어난다.

가주인 벽사흔이나 대호법의 위치인 송찬이 있다면 알아서 정리를 하겠지만, 둘 다 자리를 비우면 그 역할을 맡아줄 사람이 없다.

대장로인 벽갈평이 있다지만 그는 무공에는 문외한이다. 그런 그가 가상 실행의 결과를 판단해 주긴 어려웠다.

그 탓에 담상은 남겨진 전주들과 상의해 가상 실행을 잠정적으로 중단시켰던 것이다.

"그래서 은신한 애들의 느낌이 없었구만. 그나저나 몇 명이나 나갔나?"

"예?"

"송찬을 따라간 애들 말이야?"

"취수전 무사 여섯입니다."

"모두 별원과 상관있는 자들인가?"

"예, 가주님."

"남은 이들 중에선 더 없고?"

"예. 별원에 가족을 남겨 둔 이들은 그들뿐입니다."

대부분의 살수들은 고아다. 자객을 키우는 방법이 천편일률적이다 싶을 정도로 고아들을 데려다 키우는 것이기 때문이다.

그러다 보니 자객에게 가족이 생길 땐 성혼뿐이었다.

그것도 대부분 늦은 나이에 성혼을 하는 탓에 가족이 생기기 전에 죽는 이들의 수가 더 많았다.

지금 송찬과 함께 나간 여섯을 제외하면 나머지 취수전 무사들은 자객교가 무너질 당시엔 성혼을 하지 않았던 이들이었다.

물론 이후엔 숨어 살면서 성혼을 한 이들이 더러 있었지만 말이다.

"돕기 위해 세가에서 나간 사람은 없나?"

"팽렬 전주님과 벽라 전주께서 뒤늦게 소식을 접하시고 쫓아가셨습니다만, 만나셨는지는 알 길이 없습니다."

"송찬이 간 곳은 알고?"

"처음에 훑어볼 곳은 압니다."

"눈이 밝은 애들, 둘만 추려 봐."

벽사흔의 말에 담상의 눈이 반짝거렸다.

"나가 보실 생각이십니까?"

"그래. 불안하게 기다리느니 찾아보는 게 낫겠지."

"하오면 속하가 길잡이가 되겠습니다."

송찬이 언젠가 말한 적이 있었다. 취수전에서 제일 쓸 만한 놈이 전주인 담상이라고.

"하면 다른 이는 필요 없겠나?"

"예, 가주님."

외유를 떠나다 • 67

"좋아. 그럼 바로 움직이지."
"알겠습니다."
 곧바로 자리에서 일어서는 벽사흔을 따라 담상이 움직였다.
 정문을 나서던 벽사흔은 어딜 다녀오는지 들어오던 예린과 마주쳤다.
"어머, 돌아오셨네요."
 반가운 표정인 예린의 인사에 벽사흔은 무덤덤하게 답했다.
"그래."
"한데… 또 어디 가셔요?"
"볼일이 생겼다."
"송 대호법 찾으러 가는 거죠?"
 예린의 말에 벽사흔이 의아한 표정으로 물었다.
"어떻게 알았지?"
"저분과 함께 나서시니까요."
 예린의 시선을 좇으니 멀뚱히 서 있는 담상이 보였다.
 그제야 예린의 추리가 어디서 나온 것인지 알아차린 벽사흔이 고개를 끄덕였다.
"그래. 하니 다음에 보자."
 그렇게 다시 걸음을 옮기는 벽사흔의 팔에 예린이 자신의 팔을 끼워 넣었다.

"그럼 같이 가요."

"쯧, 놀러 가는 거 아니다."

"알아요. 하지만 이 일에 제가 도움이 될지도 모르잖아요."

예린의 실체를 아는 벽사흔이 담상과 그녀를 번갈아 보았다. 그리고 내려진 결론은 그다지 마음에 들지 않는 것이었다.

"빌어먹을. 알았다."

송찬조차 여전히 실체를 파악하지 못할 정도로 자기 은폐가 능한 예린이다.

더구나 그녀가 내공을 가진 것은 벽사흔을 제외한 그 누구도 알지 못했다. 얼마 전에 방문했던 도군이나 도왕조차도.

그렇게 일행에 예린이 합류했다.

좋아서 폴짝폴짝 뛰는 예린을 담상은 불안한 시선으로 바라보았다.

실체가 파악되지 않는 여인.

그것이 예린에 대한 취수전의 판단이었다.

물론 열렬한 지지자인 송찬에 의해서 그 판단은 그다지 중요하게 취급되진 못했지만.

벽사흔 일행이 벽가를 떠난 지 반 시진 후에 소식을 들은 벽갈평이 헐레벌떡 진마전으로 달려왔다.

"가주님~"

반가움을 가득 담은 음성으로 가주를 부르며 달려온 벽갈평을 반긴 것은 텅 빈 진마전이었다.
"어디… 식당에 가셨더냐?"
 벽갈평의 물음에 진마전의 경비를 담당하는 벽야평이 난처한 표정으로 답했다.
"그, 그것이… 다시 외유를 나가셨습니다."
"외유? 돌아오셨다는 연락을 받은 게 방금 전이거늘, 무슨 외유!"
 뒤로 갈수록 음성이 커지는 벽갈평의 물음에 벽야평이 땀을 뻘뻘 흘리며 답했다.
"소, 송찬 대호법을 찾으신다고……."
"하면 적도와 맞닥트릴지도 모르는 일로 나가셨단 말이더냐?"
"그, 그게……."
 답을 못하는 벽야평에게 벽갈평이 버럭 고함을 질렀다.
"그런데 네놈은 왜 여기에 있는 게야?"
"예?"
"왜 가주님을 모시고 나가지 않았느냔 말이다."
"다, 담상 전주님과 함께……."
"담상? 취수전의 담 전주 말이더냐?"
"예, 대장로님."
"흐음……."

담상이라면 벽갈평도 눈여겨본 사람이다.

성격도 차분하고, 가내 무사들의 평에 의하면 일신의 능력도 다른 전주들에 비해 처지지 않았다.

하나 그래도 안심이 되지 않았던 모양이다.

"괘씸한 놈. 그래도 따라 나갔어야 하거늘."

벽갈평의 호통에 벽야평은 난감한 표정이 되었다.

그도 따라가길 청하지 않았던 것은 아니다.

하지만 벽사흔은 말했다. 그렇게 다 나가면 세가는 누가 지키느냐고.

하긴 송찬에 팽렬과 벽라까지, 세가의 주요 고수들이 모두 자리를 비운 상태이니 이진에 속하는 벽야평은 남은 전주들과 세가를 지켜야 하는 막중한 임무를 맡은 셈이었다.

그러나 그 말을 곧이곧대로 대장로에게 하지는 못했다. 자신의 말을 들으면 이내 세가의 안전을 걱정하느라 잠을 제대로 못 이룰 사람임을 알기 때문이다.

결국 벽갈평은 갖은 욕을 퍼붓고서야 힘없이 돌아갔다.

† † †

송찬과 여섯 명의 취수전 무사들이 도착한 곳은 섬서성의 난주였다.

과거부터 비단길의 중요 거점 중 하나였던 난주는 동서 교

외유를 떠나다 • 71

역 시장의 하나로, 꽤나 많은 부를 축적한 도시였다.

그런 난주의 외곽을 송찬과 취수전의 무사들이 샅샅이 뒤지기 시작했다.

그들이 찾는 것은 과거 자객교 습격 작전에 동원되었다는 걸개였다.

취수전이 정보 상인들과 하오문, 그리고 개방에까지 뿌려 놓은 수많은 정보원에게서 들어오는 엄청난 양의 정보들 속에, 과거 자객교의 습격에 동원되었었다는 걸개의 말이 섞여 있던 것이다.

과거 화산으로 가는 배 안에서 창천검작이 말했던 대로 개방의 걸개들은 자객교 본거지에 대한 습격 당시 모습을 드러내지 않았다.

그럼에도 자객교의 습격에 동원되었다고 말한 걸개라면 송찬의 예상대로 별원을 습격했던 이들에 속해 있었을 가능성이 높았다.

그길로 해당 걸개가 산다는 섬서로 달려온 송찬과 취수전의 무사들이었다.

당연히 마음이 급할 수밖에 없었다.

그런 까닭인지 좀처럼 걸개를 찾는 일은 진척되지 않았다.

그렇다고 인근의 개방 분타를 뒤질 수도 없었다. 걸군의 사망 이후, 잔뜩 곤두선 개방은 마치 누구라도 자신들을 건드려 주기만을 바라는 이들 같았기 때문이다.

그런 상황에서 자극을 주면 자칫 감당하기 어려운 문제가 생길 수도 있었다.

그 탓에 외부로 돌며 수소문하자니 성과가 더딜 수밖에 없었다.

그것이 화를 키웠다.

조금 더 적극적으로 움직인다는 것이 그만 걸개들의 귀에 들어가 버린 것이다.

한참 수소문 중이던 송찬과 취수전 무사들을 개방의 걸개들이 둘러싸는 것은 순식간이었다.

"무슨 일이오!"

송찬의 물음에 난주의 분타를 맡고 있는 노걸개가 앞으로 나섰다.

"어느 집 고인들이시기에 우리 거지에게 그리 관심을 갖고 찾아다니시는지 모르겠구려."

노걸개의 물음에 송찬의 표정이 굳어졌다.

자신들이 진마벽가의 무사들이라는 걸 알게 되면 개방과 진마벽가 사이의 문제로 비약될 수 있었기 때문이다.

"소속 따윈 없소."

송찬의 답에 노걸개가 듬성듬성 빠진 이를 드러내며 웃었다.

"크크크, 하긴 무너진 집은 집이 아니니 틀린 말도 아니구려."

노걸개의 말에서 위험한 냄새를 맡은 송찬의 전음에 취수전 무사들이 슬그머니 모습을 감추었다.

눈앞에서 사람들이 사라지는 괴사가 벌어졌음에도 어쩐 일인지 걸개들은 흔들림이 없었다.

"역시 자객교의 살수들이로다. 은신법은 역시 자객교의 것이 최고인 법이지."

송찬의 표정이 완전히 굳었다. 자신들이 자객교 출신이라는 것을 단번에 짚어 낸 까닭이다.

"어찌……?"

"이곳에 왜 이렇게 많은 걸개들이 있을까? 얻어먹을 것도 별로 없는 변경에 말이야."

난주가 번성한 도시라지만 변경 도시임엔 분명했다.

그 탓에 인심은 사나운 편이다. 거지들이 빌어먹고 살기엔 녹록지 않다는 뜻이었다.

한데 노걸개의 말대로 지금 자신들을 둘러싼 걸개들의 수는 어림잡아도 백 단위가 넘어 간다. 그것도 태양혈이 불쑥 튀어나온 이들로만.

태양혈이 저리 튀어나오려면 내가기공으로 일가를 이루어야만 가능하다.

그 말은 전부 일류고수란 뜻이었다.

일백의 일류고수, 제아무리 머릿수로 위세를 떠는 개방이라지만 지방의 한 도시에 몰아넣기엔 너무 많은 숫자였다.

"우리를 노렸던 건가?"

"자객교가 무너진 이후부터 끊임없이 흘려 보냈건만, 반응이 너무 느려."

노걸개의 말대로라면 함정이다.

생존자를 찾는 이들을 잡기 위해 일부러 흘린 정보에 자신들이 반응했다는 소리였다.

오랜 세월 별원에 대한 정보를 수집한 자신들의 끈기도 무서웠지만, 근 육 년이 넘는 시간 동안 함정을 파고 기다린 개방의 인내심은 혀를 내두를 정도였다.

"어차피 드러난 것, 하나만 묻지. 별원의 사람들은 어떻게 되었나?"

송찬의 물음에 노걸개가 답했다.

"그건 저승 가거든 알아보시게. 개진!"

느닷없는 노걸개의 외침에 송찬과 지금은 모습을 감춘 채 숨을 가다듬고 있는 취수전의 무사들을 둘러싸고 있던 걸개들이 일제히 타구봉을 들었다.

쿵-!

주변의 기운이 무엇에 얻어맞은 듯이 크게 출렁거렸다. 이만한 압력이라면······.

"흠··· 대타구진!"

송찬의 신음 같은 음성에 노걸개의 입가에 미소가 걸렸다.

"해태 눈깔은 아닌 모양이로군. 하면 그 위엄을 한번 직접 겪어 보시게. 쳐라!"
 노걸개의 명에 타구진이 조여 왔다. 순간, 송찬마저 모습을 감췄지만 타구진을 갖춘 걸개들은 일체의 흔들림도 보이지 않았다.
 그 이유는 곧바로 이어진 노걸개의 외침에서 드러났다.
 "겁먹을 필요 없다. 제 놈들이 날개가 달려 하늘로 날아오르지 않은 이상, 이 안에 갇혀 있는 것은 변하지 않는다. 진세로 누르고 조이면 결국 드러날 터. 모조리 패 죽여라!"
 쿵쿵!
 마치 그에 호응하듯 발을 구르는 걸개들로 인한 울림이 진세 안을 떨어 울렸다.
 타구진은 계속 조여 왔고, 저마다 몸을 숨긴 채 자리를 잡은 송찬과 취수전의 무사들은 때를 기다렸다.
 그리고…
 팟-! 퍼버버버벅!
 "커헉!"
 취수전의 무사 한 명이 땅에서 튀어 오르다 무수히 타구봉에 얻어맞고 나가떨어졌다.
 원래대로라면 진세가 그 위를 지나간 연후에나 튀어 올라야 하건만, 워낙 강력한 진세에 눌려 모습을 드러낼 수밖에 없었던 것이다.
 그리고 그것은 그 뒤로도 계속되었다.

여섯 명의 취수전 무사들 중 벌써 넷이나 당했다.

그나마 정신을 잃지 않고 안쪽으로 이동한 덕에 죽음은 면했지만, 진이 완전히 조여지면 그것도 기대할 수 없었다.

살수무공의 취약점이다.

모르는 상대를 만났을 땐 자신들보다 두어 단계 위의 고수들까지도 상대할 수 있지만, 이미 대비한 이들과 맞닥트렸을 땐 오히려 동등한 실력의 상대에게도 형편없이 밀린다.

하물며 명성이 자자한 진법에 갇히고, 수에서도 현격한 차이가 난다면 더 이상 말이 필요 없는 법이다.

다시 시간이 흐르고, 결국 여섯 명의 취수전 무사들은 모조리 튀어나와야 했다.

그들 중 둘이 지금 살수다. 일반적인 경지로 따진다면 절정의 고수다.

물론 실전 무공의 숙련도는 그에 미치지 못한다.

실전 무공으로 맞대결을 펼친다면 잘 벼린 상승의 일류와 엇비슷할까?

하지만 살수무공이 뒤섞이면 초극도 감당할 수 없는 힘을 뿜어내기도 한다.

하지만 그건 상대가 이쪽의 존재를 모를 경우다. 아니, 안다고 해도 지금처럼 어마어마한 진법의 도움을 받지 않을 때였다.

"쿨럭―"

결국 천급 살수로 한때 자객왕이라고까지 불렸던 송찬마저 못 버티고 튀어나왔다.

 그나마 근처 걸개들에게 상처라도 입힘으로써 이름값을 했을 뿐이다.

 물론 그로 인해 송찬은 피를 토해야 했다. 막대한 압력을 한계까지 참으며 버틴 대가였다.

 살수무공의 취약점을 모조리 드러낸 채 절체절명의 위기에 처한 이들을 강하게 압박하던 대타구진이 갑자기 출렁거렸다.

 펑, 펑!

 마치 가죽 북이라도 터지는 듯한 소음이 진의 외곽에서 울려 나왔다. 그와 함께 진이 일그러졌다.

 "반진(反陣)!"

 위험을 직감한 노걸개의 명에 진이 부산해졌다. 그리고 진의 안과 겉이 바뀌었다.

 그 움직임에 묻혀 외곽을 두드리던 이들이 안으로 밀려 들어왔다.

 "패, 팽?"

 "괜찮아요?"

 팽렬의 물음에 송찬이 놀란 표정이 되었다.

 "아니, 왜 여기에……."

 "달랑 일곱이 나갔다니까 걱정이 되어서 말입니다. 그나저나 이거 영 꼴이 말이 아니게 됐습니다."

겸연쩍은 표정을 지어 보이는 팽렬의 곁엔 역시 낭패한 표정의 벽라가 도를 굳게 움켜쥐고 서 있었다.

"자넨 또 어쩐 일이고?"

"뭐… 어쩌다 보니……. 아하하."

어설프게 웃는 벽라의 모습에 송찬은 가슴이 먹먹해져 왔다.

팽렬과 달리 벽라는 정통 벽가의 무사였다.

그런 그가 나섰다는 것은 벽가가 진심으로 취수전 무사들을 가족으로 받아들였다는 것을 뜻했다.

"고맙네."

송찬의 말에 벽라가 고개를 저었다.

"이거, 그런 말을 듣기엔 제 실력이 모자란 모양입니다만."

최근에 있었던 가내 경지 측정에서 초극으로 인정받은 벽라였다.

그러고 보면 여전히 답보 상태에 있는 팽렬과 동급이 된 셈이었다.

물론 같은 초극이라도 그 안에서는 실력의 상하가 존재하지만 말이다.

초극 둘이 두들겼음에도 별다른 상처를 입히지 못했다.

과거, 제갈량으로부터 비롯되었다는 군부의 팔진법(八陣

法), 소림의 백팔나한진과 함께 개방의 대타구진법이 천하삼대진법이라 불리는 이유를 여실히 증명해 보인 셈이었다.

이후에도 두 사람이 사방으로 강력한 공격을 날려 보았지만 진세에 막혀 모두 흩어질 뿐이었다.

결국 코앞까지 도달한 타구봉들이 일제히 쏟아져 내렸다.

제69장
흔적을 쫓다

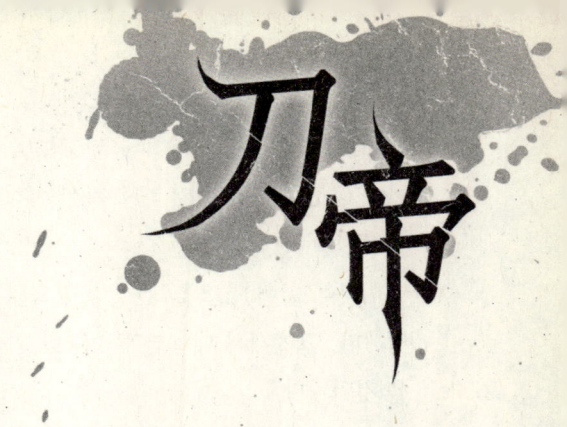

 담상이 벽사흔을 처음 안내한 곳은 섬서의 여산이었다.
 예부터 온천으로 유명한 여산엔 유곽과 객잔들이 즐비하게 늘어서 있었다.
 그곳에서 제법 커다란 객잔으로 벽사흔을 안내한 담상은 곧 객잔의 주인과 무언가 대화를 나누더니 돌아왔다.
 "이곳은 야망(夜望)이라는 정보 상인들의 거점 중 하나입니다."
 "야망?"
 "예. 제법 쓸 만한 정보를 물어다 주는 곳입니다."
 담상의 말에 벽사흔이 물었다.
 "한데 왜 이곳으로 온 거지?"

"대호법이 세가를 나서게 된 정보의 출처가 이곳입니다. 아마 이곳을 제일 먼저 거쳐 가셨을 겁니다."

"하면……?"

"이곳에 암어(暗語)를 건네 놓았으니 조만간 사람이 올 것입니다. 그에게서 대호법께서 향한 다음 목적지를 알 수 있을 것입니다."

"그럼 팽이나 벽라도 이렇게 쫓아간 건가?"

"그건 잘……. 출발한 시간차가 그리 많이 나지 않은 데다, 대호법께선 이곳에서 잠시 지체했을 것이니 어쩌면 그냥 뒤를 쫓았을 수도 있습니다."

담상의 답에 벽사흔이 고개를 끄덕이는 중간에 한 사내가 접근해 왔다.

"산이 참 곱습니다."

뜬금없는 소리에 담상이 답했다.

"하니 꽃이 많이 피는 게 아니겠소."

그 답에 사내는 작은 미소를 지으며 일행의 자리에 앉았다.

"무슨 일로 저희 야망을 찾으셨는지……?"

아마도 방금 나누었던 짧은 대화가 상대를 가리는 암어였던 모양이다.

"최근 이곳을 다녀간 이들을 찾소."

"고객의 정보는 비밀인지라……."

"일행이요. 뒤늦게 출발한 까닭에 뒤를 쫓자니 다음 행선지가 필요한 거요."

담상의 말에 사내가 물었다.

"하면 같은 암어를 쓴 이들의 행선지를……?"

"맞소. 우리보다 오 일 정도 앞서 있을 게요."

"하면 잠시 기다리시지요. 한번 알아보고 오겠습니다."

그 말을 남겨 두고 안으로 들어갔던 사내가 다시 모습을 드러낸 것은 두 시진이 흐른 뒤였다.

"말씀대로 그런 이들이 있었군요."

"목적지가 어디요?"

"난주입니다."

"난주?"

"예, 난주에서 나온 정보를 찾아가셨습니다."

"난주의 어디를 찾아야 하는 거요?"

담상의 물음에 사내가 답했다.

"걸개에게서 나온 정보였습니다."

"어느 걸개 말이오?"

"이름까진 알지 못합니다."

사내의 답에 고개를 끄덕이는 담상이 벽사흔을 바라보았다.

"일단 난주로 가 봐야 알 듯합니다."

그 말에 고개를 끄덕이며 일어서려는 벽사흔을 곁에 앉아 있던 예린이 잡았다.

"왜?"

벽사흔의 물음에 싱끗 웃어 보인 예린이 야망의 사내에게 물었다.

"정보료는 얼마인가요?"

"무료입니다."

사내의 답에 예린이 예쁘게 웃으며 말했다.

"죽고 싶은 거로군요."

순간 사내는 자신이 잘못 들었다고 생각했다. 저렇게 예쁘게 웃으면서 그런 말을 할 리 없다고 생각한 까닭이다.

"예? 제가 잘못 들어서……. 다시 말씀해 주시겠습니까?"

사내의 물음에 예린은 이번에도 너무나 예쁘게 웃으며 답했다.

"죽고 싶냐고 물었어요."

그제야 사내는 자신이 잘못 들은 게 아님을 알았다.

"그, 그게 무슨 말씀이신지……?"

"야망이 제공하는 무료 정보는 죽음으로 인도하는 유혹이라는데, 아닌가요?"

"누, 누구십니까?"

놀랄 수밖에 없다. 지금껏 야망으로부터 무료 정보를 받고서 살아 있는 이가 없기 때문이다.

당연히 그런 내용을 알고 있는 외부인은 있을 수 없었다.

"그걸 정말 알고 싶어요?"

"알고 싶습니다."

"알게 되면 살아서 일어나지 못할 텐데요."

예린의 말에 사내의 눈이 잘게 떨렸다.

그것을 본 벽사흔이 흥미롭다는 표정으로 다시 자리에 앉았다.

"함정이라고?"

"예. 야망은 정보의 신빙성과 정확성에 따라 가격을 매기기로 유명하죠. 그런 곳에서 무료라니… 다른 쪽에서 돈을 받고 함정을 파지 않는 이상, 절대로 일어날 수 없는 일이에요."

"아, 아닙니다. 그, 그렇지 않습니다."

사내는 부정했지만 불행하게도 말을 심하게 더듬었다.

"그건 대화를 나누다 보면 알게 되겠지. 그리고 난 이런 대화에 꽤 능숙한 편이거든."

싱긋 웃는 벽사흔의 눈빛이 노랗게 물들어 가는 것을 바라보는 사내의 몸이 이유 없이 떨려 왔다.

그런 사내의 곁으로 바짝 다가앉는 벽사흔의 귀로 다급한 음성이 들려왔다.

"자, 잠시만 기다려 주시어요."

고개를 돌리니 제법 고운 소저가 다가서는 것이 보였다.

"누구?"

혼적을 쫓다 • 87

"그분의 딸이랍니다."

소저의 답에 벽사흔이 웃었다.

"크크크, 애가 네 아들이라면 믿겠다."

벽사흔의 답에 소저의 눈빛이 차갑게 가라앉았다.

"말씀이 너무 심하시네요."

"지붕으로 모여드는 놈들을 돌려보내지 않으면 정말 심한 게 뭔지 알게 될 거야."

그제야 놀라서 위를 쳐다보는 담상과 달리 예린은 별다른 표정의 변화 없이 손으로 턱을 괴었다.

"검은 모란… 야살(夜殺)이로군요."

"네년은 누구지?"

놀란 탓에 소저의 말투로는 어울리지 않는 음성이 튀어나왔지만 예린은 여전히 웃는 얼굴로 말을 받았다.

"그렇게 거친 말이라니, 부끄러운 줄 아세요."

"이것들이! 쳐라!"

소저의 명이 떨어지자 지붕을 뚫고 검은 그림자들이 쏟아져 내렸다.

뿐만 아니라 객잔에 들어 있던 손님들도 모조리 달려들었다. 형세가 모두 한패였던 모양이다.

그 급박한 와중에도 벽사흔의 입가에 미소가 깃들었다. 그런 그가 막 일어서려는 것을 다시금 예린이 잡았다.

돌아보는 벽사흔의 눈에 정말 예쁘게 웃는 예린의 미소가 보였다. 그리고 섬뜩한 음향이 들려왔다.

서걱-

지붕에서 떨어져 내리던 이들의 몸이 허공에서 분리되며 피와 함께 뿌려졌다.

털썩, 터, 털썩.

여기저기 사등분, 오등분 된 시신들이 바닥을 굴렀다. 그 모습에 경악 어린 소저의 손이 들렸다.

"멈춰라!"

소저의 고함에 객잔 여기저기서 달려오던 이들의 움직임이 멈춰졌다.

그런 이들을 일별한 소저가 바닥에 흥건한 피를 한 움큼 움켜쥐더니 달려오던 이들이 선 곳을 향해 뿌렸다.

촤악-

피가 뿌려진 허공으로 피가 맺힌 가느다란 은사가 드러났다.

멈춰 선 사람들과의 거리는 고작 손바닥 하나 정도였다.

그러고 보니 지붕 쪽으로도 핏물이 맺힌 가느다란 은사가 어지럽게 가로지르고 있었다.

그것으로 지붕에서 뛰어내리다 분리된 이들이 무엇에 당했는지 알 수 있었다.

그 은사를 조심스럽게 살피던 소저의 입에서 경악성이 흘러나왔다.

"절혼삭(絶魂索)!"

기물이다. 머리카락보다 가는 은사로, 가는 데다 투명도가 높아 코앞에 있어도 잘 보이지 않는다.

과거 살황이라 불렸던 전설적인 자객인 율파가 사용했던 것으로, 강호에서 모습을 감춘 지 벌써 이백 년이 넘는 물건이었다.

그걸 알아본 소저의 경악성에 예린이 실망 어린 음성을 흘렸다.

"이런, 아깝네요. 반 발자국만 와도 마무리를 지을 수 있었는데."

너무나 태연한 예린의 음성에 경악으로 물든 소저가 물었다.

"누, 누구냐?"

"이분에게도 말했지만, 알면 살아 나갈 수 없어요. 그래도 알고 싶나요?"

그 말에 소저는 입을 다물었다. 하지만 궁금증은 가시지 않은 표정이었다.

마찬가지로 곁에 놀란 표정으로 서 있는 담상의 얼굴에도 경악 어린 의문이 가득해 보였다.

"거미줄 좀 걷지."

심드렁한 벽사흔의 말에 예린의 손이 몇 번 움직이자 객잔 전체에 퍼져 있던 절혼삭이 그녀의 수중으로 돌아왔다.

그것을 확인한 벽사흔이 여전히 경악에서 빠져나오지 못하는 소저에게 말했다.

"좀 치워라. 보기 흉하다."

벽사흔의 지적에 주변에 흩어진 시신 조각을 바라본 소저가 눈짓을 하자 멈춰 섰던 이들이 재빨리 그것들을 치웠다.

그렇게 장내가 정리되자 벽사흔이 완전히 얼어 있는 사내의 옆자리를 가리켰다.

"앉지."

그런 벽사흔과 여전히 그의 옆에서 예쁘게 웃고 있는 예린을 번갈아 바라보던 소저가 의자에 앉자 여태 의자에 앉아 있던 사내가 조심스럽게 일어나 그녀의 뒤에 시립해 섰다.

그런 사내를 턱짓으로 가리키며 물었다.

"아들?"

"아니오."

소저의 답에 벽사흔이 말했다.

"눈매가 꽤 많이 닮았는데……. 그럼 무슨 사이?"

"손… 자에요."

소저의 답에 벽사흔이 찬탄을 터트렸다.

"우아~ 주안술(駐顔術)도 그 정도면 신기(神技)인걸."

"그러게요. 탐이 날 지경이네요."

예린이 부러워하자 벽사흔이 고개를 저었다.

"부러워할 건 없어. 느낌이 혼탁한 걸 보니 내공이 더러워.

흡정(吸情) 같은데, 맞나?"

표현이 거칠긴 했지만 아주 틀린 말은 아니다. 더럽다고 표현해도 좋을 만큼 수십 종의 내공이 뒤섞여 있었기 때문이다.

"여인에게… 말씀이 심하시네요."

소저의 힐난에 벽사흔이 겸연쩍은 표정을 지었다.

"뭐, 그 점은 사과하지. 그나저나 뭐라 불러야 하지?"

"두 분에 대해서 모르는 것은 저도 마찬가지입니다만."

"이름은 알고 싶지도 않아. 그렇다고 다 알아 놓고서도 소저라고 부를 순 없잖아."

벽사흔의 핀잔에 소저가 씁쓸한 미소를 지었다.

"모란 정도가 좋겠군요."

소저, 아니 스스로 모란이라 칭한 여인의 말에 벽사흔이 어깨를 으쓱여 보였다.

"그 정돈 아니지만, 이해하지. 이봐, 모란댁."

"댁은 왜 붙이는 거죠?"

민감하게 반응하는 모란의 말에 벽사흔이 심드렁하니 답했다.

"그 나이면 아줌마 소리 들어도 돼. 그나저나 우리에게 전해 준 정보, 함정 맞나?"

벽사흔의 질문에 잠시 머뭇거리던 모란이 고개를 끄덕였다.

"맞아요."

"누구 청부야?"

"그건……."

"말해 줄 수 없다는 그런 답은 아니길 바라. 다시 피 보는 건 서로 좋지 않을 거 아니야."

벽사흔의 말에 아미를 찌푸린 모란이 마지못해 답했다.

"개… 방이에요."

"개방이 뭐가 아쉬워서 정보 상인을 이용해?"

"그것까진 알지 못해요. 단지 우린 돈을 받고 정보를 전달해 주었을 뿐이니까요."

"정보가 아니라 함정이겠지. 그나저나 왜 그런 정보가 나간 건지는 아나?"

"이 바닥엔 필요 이상으로 알려고 들지 말라는 금언이 있지요."

"그럼 이유는 물론이고 목적도 모른다?"

"예."

"내가 그걸 믿을 거라 생각해?"

싱긋 웃어 보이는 벽사흔의 물음에 모란의 목을 타고 마른침이 넘어갔다. 왠지 모르게 갈증이 일어난 까닭이었다.

"정말… 몰……."

말은 이어지지 않았다. 장난처럼 탁자를 휘젓는 벽사흔의 손가락에서 한 자(약 30㎝)짜리 강기가 일어나 탁자를 쪼개가며 모란 쪽으로 다가오고 있었기 때문이다.

"자객교, 자객교의 잔당을 노려요."

사색이 된 모란의 답에 벽사흔의 강기는 그녀의 바로 앞에서 멈췄다.

"거짓이면, 돌아와 네 목을 예쁘게 도려내 줄 거다."

"저, 정말이에요."

"그건 가 보면 알겠지."

말과 함께 일어서던 벽사흔이 모란에게 시선을 주었다.

"아! 그리고 또 하나, 이곳을 떠나지 마라. 떠나면 찾아다녀야 하고, 그럼 나 짜증 낼지도 모른다."

"아, 알겠어요."

모란의 답에 벽사흔은 예린과 담상을 이끌고 두말없이 객잔을 벗어났다.

그렇게 멀어져 가는 벽사흔들을 바라보던 사내가 모란에게 물었다.

"저리 가게 그냥 두어도 되겠습니까, 살주(殺主)?"

자신을 할머니라 부르는 걸 죽도록 싫어하는 모란에게 살주라 부른 사내의 물음에 그녀가 질린 표정으로 답했다.

"삼황을 그럼 무엇으로 막을 생각인 게냐."

"사, 삼황이라뇨?"

놀라는 손자에게 모란이 답했다.

"그자의 소매… 붉은 계화가 수놓아져 있었다."

붉은 계화는 진마벽가의 표식이다.

아는 사람은 드물었지만 삼황의 소문과 함께 천천히 퍼져 나가고 있었다.

삼황이 버티고 있는 진마벽가의 무사와 시비를 벌이는 바보 같은 일을 벌이지 않기 위해서 그곳의 표식을 알아 두려는 이들이 많아진 까닭이었다.

그것을 처음에 알아보지 못한 자신의 실수를 자책하는 모란이었다.

† † †

여산을 출발한 벽사흔은 담상과 예린을 양쪽 옆구리에 끼고 난주로 달렸다.

정경이 어그러질 정도의 속도에 담상과 예린은 경악해야 했지만 마음이 급한 벽사흔은 두 사람의 놀람을 크게 신경 쓰지 않는 눈치였다.

난주에 도착하기 무섭게 담상은 구토를 했다.

적응하기 힘들 정도의 속도가 그의 위에 부담을 준 까닭이었다.

그러고 보면 그것을 참아 내는 예린의 인내력이 꽤나 인상적이었다.

대충 속을 가라앉힌 두 사람이 움직이자 곧바로 추적이 시작되었다.

 예상대로 추적은 담상보다는 예린이 주축이 되었다.

 천급을 목전에 둔 지금 살수인 담상조차 발견하지 못한 흔적을 예린은 귀신처럼 찾아내었던 것이다.

 그런 예린을 놀란 눈으로 바라보던 담상이 벽사흔에게 조심스럽게 물었다.

"도대체 누구입니까?"

"예린, 몰라?"

 신경 끄라는 뜻이 담긴 벽사흔의 답에 담상은 애써 자신의 궁금증을 억누를 수밖에 없었다.

 그렇게 움직이길 한나절, 난주 외곽의 한 공터에서 예린의 발길이 멈췄다.

"피예요."

"뭐?"

"피를 봤어요. 다수는 아니지만 적은 수도 아니에요. 흔적이 어지러운 만큼, 격한 싸움이 있었던 건 확실해요."

 예린의 말에 벽사흔이 물었다.

"그들의 흔적인 건 확실하고?"

"확실해요. 한데… 이 흔적, 위험해요."

"위험?"

"내가 아는 것이 맞는다면 이건… 개방의 대타구진의 흔적이에요."

"대타구진?"

"적어도 백 명 이상의 타구봉법을 아는 일류고수들이 필요한 진법이에요."

"그 말은……?"

"개방이 일류고수를 백 명 이상 동원했다는 뜻이 되겠죠."

그것이 사실이라면 이제부터 그들을 찾는 것은 예린보다 벽사흔이 더 빠를 것이다.

다수, 그것도 무력을 갖춘 다수를 찾는 것에서 자신보다 빠른 사람을 벽사흔은 보지 못했기 때문이다.

그것을 증명하듯 벽사흔은 두 사람을 앞장서 이끌기 시작했다.

군세라고 표현하는 느낌은 상당히 묘한 구석이 있다. 강호의 고수들이 기감을 느끼지 못하는 거리에서조차 풍겨 나오기 때문이다.

그 묘한 감각을 따라 벽사흔이 빠르게 움직인 끝에 한 폐장에 도착했다.

난주의 북쪽 외곽에 위치한 폐장은 오랜 세월 사람이 살지 않았는지 외부의 담장까지 반쯤 무너져 있었다.

그 주변을 살피던 예린이 고개를 끄덕였다.

"잘 찾아오신 모양이네요. 주변에 남겨진 흔적이 아까 찾았던 흔적들과 일치해요. 개방 걸개들에게 전수된다는 취팔

선보(醉八仙步)의 것이에요."

술에 취한 여덟 신선들의 움직임에서 따왔다는 개방의 취팔선보는 보법의 효용에 신법의 묘미까지 섞여 있어 대부분의 개방 고수들에게 전수되어 있었다.

"그럼 바로 시작하지."

"잠시만요. 적어도 어디에 갇혀 있는지 정도는 확인을 해야죠."

예린의 말에 벽사흔의 시선이 담상에게 향했다. 그 시선에 담상이 곧바로 움직였다.

"다녀오겠습니다."

두말없이 걸음을 옮기던 담상의 신형이 흐릿해지더니 허공 속으로 사라져 버렸다.

"멋진 은신술이네요."

예린의 평가에 벽사흔은 어깨를 으쓱해 보였다.

"그래?"

시큰둥할 수밖에 없는 것이, 자신의 눈엔 전광석화처럼 엎드려 바닥을 기어가는 담상의 모습이 고스란히 보이는 까닭이었다.

그렇게 폐장 안으로 스며든 담상을 기다리길 한 시진, 갑자기 폐장 안이 어수선해졌다.

그걸 유심히 살피던 예린이 어두운 표정으로 말했다.

"아무래도 발각된 모양이에요."

그 말에 나무둥치에 기대앉아 있던 벽사흔이 벌떡 일어섰다.

"그럼 들어간다. 그동안 넌……."

"벽 가주님이 흔드는 동안 제가 사람들을 찾아볼게요."

밖에서 기다리라고 하려던 벽사흔은 고개를 끄덕일 수밖에 없었다. 자신을 대신해 누군가는 잡혀 있을 송찬 등을 찾아야 했기 때문이다.

이내 벽사흔과 예린이 동시에 폐장 안으로 몸을 날렸다.

† † †

쾅-

시작부터 요란하게 움직였다.

벽사흔의 권경에 비스듬히 기울어져 있던 전각 하나가 통째로 무너져 내렸다. 그 먼지 속을 뚫고 벽사흔의 신형이 폭사되었다.

"치, 침입자가 또 있다!"

비로소 놀란 걸개들의 경고성이 폐장 안을 울리고, 먼저 들어온 예린을 잡기 위해 몰려 있던 걸개들의 일부가 외곽으로 돌려졌다.

그들 사이로 벽사흔의 신형이 파고들었다. 그리고…

쾅-!

거센 폭음과 함께 걸개들이 형편없는 모습으로 사방에 처박혔다.

"진을 쳐라!"

커다란 음성에 뒤늦게 안에서 뛰어나온 걸개들이 황급히 벽사흔을 둘러싸고 타구진을 형성했다.

진이 완성되자 지체 없이 노걸개의 고성이 울려 퍼졌다.

"개진!"

쿵-

진세의 발동과 함께 공기가 진동했다. 막대한 압력이 주변의 기운을 모조리 흔들어 놓은 까닭이다.

그렇게 강력한 진세를 유지한 채 천천히 조여 오는 대타구진을 바라보는 벽사흔은 심드렁한 표정이었다.

압력으로만 치면 군부의 팔진법에 비해 한 수 아래다.

하긴 많아야 백 단위로 펼치는 강호의 진법이, 최하 만 단위의 병력으로 펼치는 팔진법의 압력을 흉내 내긴 어려울 터였다.

하지만 강호의 진법은 진세를 구성하는 개개인의 능력이 뛰어나다는 특징이 있었다.

압력보다는 그 효용 면에서 팔진법에 비해 한 수 위가 바로 강호의 진법이다.

그런 강호의 진법들 중 천하 삼대진법이라고까지 평가되는 개방의 대타구진을 맞았음에도 벽사흔은 크게 긴장하는 표정을 보이지 않았다.

 아니, 긴장은커녕 슬쩍 비틀리는 입가로 비릿한 미소마저 깃들었다.

 그렇게 여유로운 모습의 벽사흔이 천천히 도를 꺼내 들었다.

 순간 그의 도를 중심으로 마치 벌 떼가 우는 듯한 소음이 일었다.

 웅~

 그렇다고 검의 울음이라 불리는 검명도 아니다. 검명은 저리 크게 울리지 않는 법이니까.

 그 탓에 진세를 구성하고 접근하던 걸개들의 눈빛에 의아함이 떠올랐다. 이유를 알지 못하기 때문이다.

 마침내 대타구진의 진세가 벽사흔의 코앞에 이르렀을 때, 변화가 찾아왔다.

 푸확—

 공기를 찢어발기며 벽사흔의 도에서 무려 일 장(약 3m)에 이르는 도강(刀罡)이 솟아오른 것이다.

 일 장의 도강. 이야기로도 들어 본 적이 없는 광경이다.

 그 무시무시한 도강이 대타구진을 향해 뿌려지려는 찰나, 비명 같은 외침이 터져 나왔다.

 "머, 멈추시오!"

 사선으로 움직이던 벽사흔의 도가 외침에 의해 멈춰졌다.

흔적을 쫓다 • 101

그에 일 장에 달하는 도강은 맨 앞에 선 걸개의 코앞에서 멈췄다.

"뭐야?"

불만스런 벽사흔의 물음에 고함을 질렀던 노걸개가 흔들리는 시선으로 물었다.

"사, 삼황 대협이십니까?"

"삼황은 무슨……. 그런데 왜?"

맞다는 말은 없지만 부정도 없다.

하지만 도를 치켜든 벽사흔의 소매엔 비단실로 수놓아진 붉은 계화가 선명했다.

"저희는 개방입니다."

"그래서 어쩌라고?"

"개방과 진마벽가가 척을 질 이유가 없다는 말씀을 드리는 겁니다, 대협."

"그런 놈들이 내 가솔을 잡아 가둬?"

"가, 가솔이라니요? 서, 설마!"

놀라는 노걸개를 향해 벽사흔이 으르렁댔다.

"이제 다시 시작하면 되는 건가?"

"자, 잠깐만요, 대협."

"자꾸 왜!"

짜증을 내는 벽사흔에게 노걸개가 물었다.

"혹시 그들이 자객교 출신인 건 아십니까?"

"그래."

너무 간단해서 상대가 자신의 물음을 제대로 들었다는 느낌조차 들지 않았다.

"저기… 잘못 들으신 모양인데, 그들이 이전에 자객이었다는 말씀입니다."

"안다고."

"도, 돈을 받고 아무 죄도 없는 사람을 죽이는 자객입니다."

"그놈 참, 안다니까 그러네."

더 이상은 상대가 못 알아들었다고 생각할 수 없었다.

"그럼에도 저들을 가솔로 선택하셨단 말씀이십니까?"

"넌 가족을 선택하나? 난 그냥 받아들이는 편이라서 말이야."

"대, 대협!"

상대가 말하고자 하는 바를 모르는 게 아니다.

하지만 자객이다. 그들이 짊어진 피값의 무게가 자신들의 몸무게만큼의 황금보다 더 무거운 이들이다.

그리고 그런 이들을 가솔로 받아들였다면 의당 그들이 짊어진 피값도 함께 받아들인 셈이다.

"왜?"

"마, 마도를 표방하시는 겁니까?"

"미친놈! 그들을 받아들여서 마도라면, 그렇게 하자꾸나.

하면 되었더냐?"
 기분이 상한 듯 벽사흔의 음성이 차게 일어섰다.
 순간, 노걸개의 표정에 당황감이 떠올랐다.
 상대는 삼황이다.
 일인문파니 절대무적이니 하는 수식어가 무색할 정도로 강해서 신인이라 불리던 이황과 동급의 고수인 것이다.
 그런 이와 부딪친다?
 제아무리 천하 삼대진법이라는 대타구진이라지만, 노걸개는 고개를 저을 수밖에 없었다.
 신인이라 불리는 이황을 대타구진으로 잡을 수 있었다면 개방이 그간 그들을 두려워할 이유가 없었기 때문이다.
 당연히 그 둘과 동급으로 여겨지는 삼황도 마찬가지다.
 "아, 아닙니다. 지, 진을 거두어라!"
 노걸개의 명에 진을 형성한 걸개들이 불안한 표정으로 그를 바라보았다.
 "명이니라!"
 호통이 쳐지자 이내 걸개들이 타구봉을 내리고 내력을 흩뜨리자 진세가 사라졌다.
 그런 상황에서 검강을 뽑아 올리고 있기 우스워진 벽사흔도 슬그머니 검강을 거두고 도를 도갑에 밀어 넣었다.
 "뭐하자는 거야?"
 벽사흔의 물음에 노걸개가 겸연쩍은 표정으로 답했다.

"대화를 나누자는 뜻입지요."
"대화?"
"예, 삼황 대협."
 노걸개의 말에 벽사흔의 얼굴에 아쉽다는 표정이 떠올랐다.
 그로서는 강호의 이름난 진법과 부딪쳐 볼 기회가 날아간 것이니 말이다.
 하지만 살인마도 아니고, 그 기회를 잡기 위해 억지로 피를 볼 생각은 없었다.
"뭐, 원한다면."
 벽사흔의 답에 노걸개의 표정이 밝아지고 있었다.

 자신을 법개라 소개한 노걸개와 마주한 벽사흔의 곁엔 머리가 다소 흐트러진 예린과 앞섶이 길게 잘린 담상이 자리했다.
 둘 다 개방이 펼쳐 둔 함정에 걸려 곤욕을 치르다 풀려난 까닭이었다.
 "언재 오는 거야?"
 "지금 데려오는 중이니 잠시만 기다려 주십시오, 대협. 하온데……."
 "뭐, 왜?"
 "상태가……."
 말을 맺지 못하는 법개를 바라보며 벽사흔이 혀를 찼다.

외면하다 • 109

"쯧, 어지간히 거칠게 다룬 모양이로군. 다시 무사 생활 못 하는 게 아니라면 상관없어."

"그, 그럴 정도는 아닙니다. 기술자가 도착한 것이 다행히 오늘 아침이었던 터……. 잘라 내거나 끊어 낸 곳도 없습니다."

기술자, 아마도 고문 기술자를 말하는 모양이었다.

"그럼 괜찮……."

말이 중간에 끊겼다.

황급히 씻기고 옷도 갈아입힌 모양이지만 걸개들에게 부축되어 오는 송찬과 취수전 무사들의 모습은 결코 사람이라 부를 수 없었다.

얼마나 맞았는지 얼굴은 형체를 알아보기 어렵게 부어올랐고, 한 사람도 빠짐없이 다리나 팔에 부목을 대고 붕대를 감아 놓았다.

송찬의 경우엔 양다리와 양팔이 모두 그랬다. 한마디로 사지를 모두 분질러 놓은 것이다.

차게 굳어 가는 벽사흔의 표정을 본 법개가 황급히 고개를 숙였다.

"소, 송구합니다, 대협."

가타부타 말은 없었지만 발작을 일으킬 것 같진 않았다.

그에 작게 안도의 한숨을 내쉬는 법개의 귀로 작은 음성이 들려왔다.

"너……."

잔뜩 부어서 간신히 뜬 눈으로 벽사흔을 발견한 송찬이 놀란 음성을 흘린 것이다.

"꼬락서니 하고는."

벽사흔의 퉁명에 걸개들에게 들려 오다시피 한 송찬이 이를 드러내고 웃었다.

"크흐흐, 좀 화끈하게 놀다 보니까."

"미친놈."

힐난이 가득한 욕설을 해 댔지만 벽사흔은 걸개들에게서 직접 송찬을 받아 들었다.

"앉을 수 있겠냐?"

"그럼. 엉덩인 아직 괜찮으니까. 크크크."

뭐가 좋은지 엉망인 꼴을 하고서도 킥킥대는 송찬을 바라보며 벽사흔은 혀를 찼다.

"쯧, 좋기도 하겠다, 자식아."

한데 웃는 이가 송찬만은 아니었다.

걸개들이 미리 가져다 놓았던 의자에 앉힌 취수전 무사들 전부가 엉망인 얼굴을 실룩이며 웃고 있었던 것이다.

그들을 바라보며 벽사흔이 핀잔을 주었다.

"단체로 미친 것들."

"크크크크."

그래도 좋다고 송찬과 취수전의 무사들은 웃었다.

그들의 입장에선 좋을 수밖에 없었다.

자객교에선 임무를 받아 나가면 스스로 살아서 복귀하여야 했다.

자칫 사로잡히면 그걸로 끝이다. 구출에 나서지 않기 때문이다.

당연히 이번에도 사로잡히면서 그걸로 끝이라고 생각했다.

한데 온 것이다. 자신들을 구하기 위해서. 그것도 가주가 직접. 그러니 좋지 않을 리 없었다.

그리고 그렇게 웃으면서 비로소 자신들이 자객이 아니라 무림세가의 당당한 일원이라는 것을 절절히 느끼는 되었다.

"미친 것들."

욕은 해 댔지만 그런 벽사흔의 입가에도 작은 미소가 깃드는 건 어쩔 수 없었다. 엉망이라지만 모두 살아 있었기 때문이다.

망가진 몸이야 쉬고, 치료를 받으면 낫는 것이다.

법개의 말대로 어디가 잘려 나가거나 끊어진 것도 아니니 나중에 문제가 생길 것도 없었고.

그렇게 희미하게 미소를 짓고 있는 벽사흔에게 법개가 작은 목함을 하나 내밀었다.

"이거 받으십시오."

"뭔데?"

"충기환(充氣丸)이라고… 개방의 영단입니다."

영단이라고 말하지만, 소림의 대환단이나 무당의 태청단 같이 그렇게 영험한 것은 아니다.

하지만 약 이름 그대로 기운을 북돋아 주는 역할은 충분히 해내는 약이었다.

그런 까닭에 내공을 연마한 내가고수들에겐 충분히 약효를 볼 수 있는 것이었다.

"병 주고 약 주는 게로군."

"송구… 합니다."

겸연쩍어하는 법개의 손에서 벽사흔이 목함을 받아 들어 송찬 등을 살피던 담상에게 넘겨주었다.

"애들 먹여."

벽사흔이 넘겨주는 목함을 받아 드는 담상의 눈엔 일말의 불안감이 떠올라 있었다. 혹시라도 독이 들어 있을 것을 염려하는 것이다.

그런 담상에게 벽사흔이 말했다.

"개방이 문을 닫고 싶은 것이 아니라면 내 손에 독 따윌 건네는 짓은 하지 않을 거다."

당사자를 앞에 두고 하기엔 다소 거친 표현이었지만 그걸 들은 법개는 별다른 동요를 보이지 않았다.

그것을 확인한 담상이 벽사흔에게서 건네받은 목함을 열고 약을 꺼내 송찬 등에게 먹이기 시작했다.

외면하다 • 113

그것을 바라보던 벽사흔의 시선이 법개에게 향했다.

"자객교의 뿌리를 완벽하게 제거하려는 이유를 알 수 있을까?"

"자객이니까요."

법개의 답에 벽사흔이 피식 웃었다.

"쟤들을 잡아 죽인다고 세상의 자객이 사라진다면 그 말을 믿겠지만, 아니잖아."

"하면 뒤가 두려웠다면 믿으시겠습니까?"

"개방이 일개 자객 집단의 잔존 세력이 두려웠다?"

"안… 믿으시는군요."

"너 같으면 믿겠나?"

벽사흔의 물음에 법개가 고개를 저었다. 스스로 생각해도 믿기지 않았던 것이다.

"애써 준비한 변명들입니다만… 참 덧없는 말장난들이었군요."

"알았으면 사실대로 털어놓지."

벽사흔의 말에 법개가 주변을 돌아보며 물었다.

"잠시 자리를 옮기시겠습니까?"

듣는 귀가 많은 곳에서 할 말이 아니라는 의미였다. 그걸 알아차린 벽사흔이 고개를 끄덕였다.

"그럼 잠시 걷지."

벽사흔의 말에 고개를 끄덕인 법개가 폐장을 걸어 나가는 벽사흔을 따라붙었다.

폐장을 나서 인적이 드문 언덕으로 오르자 법개가 입을 열었다.

"밖으로 발걸음을 하시게 만들어 죄송합니다."

"상관없어. 제대로 사실을 듣기만 한다면."

"일단 제가 아는 데까진 모두 사실대로 말씀드릴 수 있습니다. 그럼에도 부족하시다면 총타의 방주를 뵙는 길 외에는……."

미리 자신의 한계를 밝히는 법개에게 벽사흔이 고개를 끄덕였다.

"알았으니 아는 걸 풀어 놓기나 해 봐."

벽사흔의 수긍에 법개가 천천히 자신이 아는 것들을 설명하기 시작했다.

"자객교는 중원 최고의 자객 집단이었습니다. 일반 백성은 상대조차 하지 않았지요. 오로지 강호의 고수만을 청부받았으니까요."

알지 못하는 말이다. 송찬 등에게 자객교에 대해 물어본 적도 없고, 특별히 송찬이 언급한 적도 없었던 까닭이다.

"그랬나?"

"예. 그 탓에 자객교는 나름 외부의 견제가 덜 했습니다. 일반인은 물론이고 관부인들까지 의뢰를 받던 다른 자객 집단들과는 조금 달랐던 셈이지요. 한데 문제가 생겼습니다."

"문제?"

"예. 자객교에서 뜬금없이 백면서생 한 명을 죽인 것이죠."

"강호인이 아닌 사람을 죽였다? 그것도 백면서생을?"

"예. 그동안의 철칙을 자객교 스스로가 깬 셈이었죠. 모든 문제는 그것에서부터 시작되었습니다."

"어떻게?"

"백면서생의 이름은 감첨선. 소산 감씨 가문의 사람이었지요."

"소산 감씨……."

기억이 가물거렸지만 귀에 익은 가문이다. 그런 벽사흔에게 법개가 설명을 이었다.

"관부에선 제법 유명한 가문입니다. 무장들을 상당히 많이 배출한 곳이지요."

그 말에 비로소 기억이 났다.

소산 감씨.

절강의 토호로, 법개의 말처럼 무장을 다수 배출한 집안이다.

가문의 시조 중에 강호인이 있었다던가? 그 시조의 무공이 가문에 내려오며 가전무공을 형성했다.

그것을 익힌 이들이 태조인 홍무제 주원장의 휘하에서 활동한 것이 인연이 되어 명조에서 명성이 자자한 무장 가문이 되었다.

 현재 그들이 배출한 가장 유명한 장수는…….

 "멍청이 감온……."

 작게 중얼거리는 벽사흔의 음성을 들었는지 법개가 고개를 끄덕였다.

 "감온, 맞습니다. 좌군도독인 그가 바로 소산 감씨 가문 출신이지요. 잘 아시는군요."

 생각 외였던지 벽사흔을 바라보는 법개의 눈엔 이채가 가득했다.

 "그럼 관군이 개입했다던 이유가?"

 "소산 감씨의 문중이 손을 쓴 거냐고 물으신다면… 아닙니다."

 "하면?"

 "당시 자객교의 토벌에 동원된 관군은 섬서 향방군이었습니다. 대대로 소산 감씨 출신 무장들은 절강군에 배치되어 왔지요. 그들은 섬서 향방군을 움직일 역량이 되지 않습니다."

 맞는 말이다. 생각 외로 관군은 지역색이 강하다.

 순환 보직으로 인해 성의 경계를 넘나드는 무장들이 없는 것은 아니지만, 대부분의 무장들은 출신 지역을 벗어나지 않는다.

 그 탓에 군벌이 형성되는 폐단이 발생했지만, 지휘 체계의

확립과 병력의 결속력이 향상된 것도 사실이었다.

그 결속력이 군 정예화의 밑바탕을 형성하는 까닭에 명조는 지역군 체계를 채용하고 있었다.

"무슨 뜻이지?"

"명확하지는 않지만… 당시 동원된 섬서 향방군은 황명을 자주 언급했습니다."

황명, 황제의 명령이라면…….

"토벌이 언제였다고?"

"오 년, 아니 이젠 육 년 전이로군요."

육 년 전이면 자신이 여진족을 토벌하기 위해 요동에 있을 때다.

그땐 황제가 중원 내에서 어떤 부대를 어떻게 움직였는지 알지 못했다.

하긴 지금은 황제가 왜, 무슨 이유로 자객 집단을 토벌하라 명을 내렸는지는 중요한 게 아니었다.

"그때, 개방은 어디를 맡았지? 이야기를 들어 보니 본거지를 칠 땐 개방의 제자들이 보이지 않았다던데?"

"당시 개방은 외곽을 차단하고 있던 관군을 도왔습니다."

"그뿐인가? 혹 자객교의 분타나, 뭐 그런 곳을 공격한 적은 없고?"

"아! 그러고 보니 비슷한 말을 들은 적이 있군요. 후개가 지휘하는 일단의 제자들이 명사산 인근의 자객교 분타를 공격했었다고 들었습니다."

 비로소 송찬이 그리도 애타게 찾던 정보에 접근한 셈이다.

"생… 존자는 있었나?"

"그것까지는 알지 못합니다. 하지만 당시 내려진 명령은 모조리 추살하라는 것이었으니까, 생존자를 찾는 건 어려울 겁니다."

 자신의 답에 어두워지는 벽사흔의 표정을 살피던 법개가 조심스럽게 물었다.

"혹시… 생존자를 찾는 것입니까?"

 그 물음의 의미를 안다. 살아남은 자객을 찾는 것이냐는 질책이 담겨져 있다는 것을.

"자객을 찾는 건 아니다."

"하면……?"

"가족이다."

"예?"

"네들이 붙잡았던 이들의 가족 말이다."

"그게 무슨… 설마 명사산에 있던 분타가?"

 무언가를 짐작했던지 법개의 눈이 커졌다.

"그래. 그곳은 분타가 아니라 가족이 살던 곳이라더라. 물론 자객도 있었겠지. 쉬기 위해 가족 곁으로 돌아간 이들도 있었을 테니까."

 벽사흔의 말에 법개의 눈에 당황감이 들어섰다. 그 말이 사실이라면 개방이 강호인이 아닌 이들을 공격했다는 뜻이 되기 때문이다.

그들이 자객의 가족이라는 것은 이유가 되지 않는다. 그런 것이 허용된다면 백도라 불릴 수 없는 까닭이다.

"저, 정말입니까?"

"거짓을 말할 이유가 없다."

벽사흔의 답에 법개는 당황감을 좀처럼 추스르지 못하는 모습이었다.

협의란 두 글자에 유달리 민감한 곳이 바로 개방이다.

그들이 내가기공을 연성한 고수들이면서도 비루먹는 거지로 남은 것이 바로 그 협의를 가장 낮은 곳에서 지켜 내기 위함이었기 때문이다.

그런 이들이 스스로 협의를 어겼다는 걸 안다면… 개방의 뿌리가 흔들릴 일이었다.

"총타, 총타로 전갈을 보내 봐야 하겠습니다."

법개의 말에 벽사흔의 고개가 끄덕여졌다. 어차피 송찬 등이 회복되려면 당분간은 이곳에서 머물러야 했던 것이다.

† † †

법개로부터 소식을 접한 개방의 총타는 총타대로 난리가 났다. 전갈이 사실이라면 자신들이 무고한 양민을 학살한 셈이었기 때문이다.

 법개의 생각처럼 그들이 자객의 가족이었다는 것은 이유가 될 수 없었던 것이다.

 그런 까닭에 삼황이 자객교의 생존자들을 진마벽가로 받아들였다는 정보는 크게 주목받지 못했다. 당장 개방의 발등에 불이 떨어진 탓이었다.

 전갈을 받은 방주는 곧바로 집법전에 당시 자객교의 분타로 의심되던 명사산을 급습했던 후개와 걸개들을 잡아들이라는 명을 내렸다.

 방주의 명을 받은 집법전은 곧바로 움직였다.

 외지에서 중책을 맡은 몇몇 제자는 어쩔 수 없이 그냥 두었지만 나머진 모조리 잡혀 들어왔다.

 걸군의 사망 이후 십대무파의 지위가 흔들리고 있는 개방이었다.

 그런 상황에서 과거 무고한 양민을 살해한 전력이 드러난다면 개방은 끝장이었다.

 그 탓에 심문장으로 들어서는 방주와 장로들의 표정은 잔뜩 굳어 있었다.

 "무슨 일입니까, 사부?"

 후개의 물음에 방주는 아무 말도 하지 않은 채 자리에 앉았다. 그러자 법개를 대신해 대장로가 나섰다.

 "죄인들은 하문에 일체의 거짓이 없어야 할 것이다. 또한

묻기 전에 입을 열지도 말라."

"죄, 죄인이라니요?"

놀란 후개의 음성에 대장로의 노성이 터져 나왔다.

"갈! 묻기 전에 입을 열지 말라던 말을 잊은 겐가!"

차기 방주인 후개라지만 개방의 직제상 장로들의 밑이다.

당연히 대장로의 명을 따라야 했다.

그 탓에 후개는 불만스런 표정으로 입을 다물어야 했다.

그런 상황에서 대장로의 물음이 이어졌다.

"육 년 전, 자객교의 토벌 과정에서 명사산으로 투입되었던 제자가 아닌 이가 있는가?"

정확한 기록에 의해 잡아들인 이들이다.

당연히 틀릴 리 없었지만 대장로는 만에 하나라도 확인하고 싶었던 모양이다.

자신의 물음에 아무도 답을 하지 않자 대장로는 고개를 끄덕이며 다음 물음을 이었다.

"그럼 후개에게 먼저 묻겠소. 당시 여기 있는 제자들과 함께 명사산으로 투입되었던 걸 기억하시오?"

"기억합니다. 한데 왜 그러시는 겁니까?"

"지금 내가 들고 있는 보고서는 당시 후개가 직접 작성하여 올린 보고서요. 여기에 기재된 대로라면 명사산의 자객교 분타는 완벽하게 제거되었소. 맞는 거요?"

"맞습니다."

후개의 답에 뒤에 앉아 있던 방주와 장로들의 눈이 질끈 감겼다.

그것은 앞에 나서 묻고 있는 대장로도 마찬가지였다. 듣고 싶지 않았던 말을 들어야 했기 때문이다.

"정녕 살아남은 자는 없소?"

다시 눈을 뜬 대장로의 물음에 후개는 물론이고, 붙잡혀 들어온 걸개들의 안색이 모두 변했다. 그것을 놓치지 않고 대장로의 다그침이 이어졌다.

"속히 답하시오!"

"어, 없습니다."

"저, 정녕 한 명도 없었단 말이오?"

"없습니다. 결단코!"

이제 후개의 나이 서른하나다.

육 년 전이라면 겨우 스물다섯이다. 잡혀 들어온 걸개들도 모두 비슷한 또래다.

젊은 혈기에 자객 집단을 없앴다는 의기가 앞서 죄를 짓는 것도 모르고 일을 저질렀을 수도 있었다.

젊은 후개와 제자들을 제어할 장로를 딸려 보내지 않았던 것이 이렇게 후회될 수가 없었다.

후개의 답에 방주를 돌아보았던 대장로가 다른 제자들에게 물었다.

"후개의 답이 정녕 사실이더냐? 거짓은 기사멸조의 죄이니라!"
 대장로의 물음에 잡혀 들어온 걸개들은 모두 고개를 끄덕였다.
 "틀림없습니다."
 이후에도 똑같은 것을 몇 번씩이나 다시 물었지만 답은 언제나 같았다.

 결국 방주를 비롯한 장로들은 힘없이 축 처진 어깨로 집법전을 나서 방주의 거처에 모여들었다.
 "이 일을 어찌해야 합니까?"
 대장로의 물음에 방주가 수심 가득한 노안을 들어 그를 바라보았다.
 "내가 너무 오래 이 자리를 차지하고 있었던 모양이구려."
 "어찌 그런 말씀을……"
 "이걸 공개하면… 후폭풍은 어찌 될 것 같소?"
 방주의 물음에 대장로가 낙담한 표정으로 답했다.
 "흔들리던 십대무파의 자리는 내어놓아야 할 것입니다. 더구나 장사 분타의 철개가 그냥 있지 않을 것입니다."
 이전에도 그를 중심으로 남 개방을 세워 개방에서 떨어져 나가자는 말들이 심심치 않게 나오던 상태였다.
 그간은 걸군이 방주를 지지한 탓에 수면 아래로 가라앉아 있었지만 지금은 걸군이 사망한 상태였다.

이젠 분리를 주장하는 이들을 붙잡아 둘 구심점도 없는 데다, 후개의 일까지 터진다면……

그들의 주장은 힘을 받을 것이 분명했다. 더구나 당시의 움직임은 '협의' 두 글자만으로 움직인 것도 아니어서 더 문제가 컸다.

"그를… 철개를 총타로 불러들이게."

"어찌하실 생각이십니까?"

"사실대로 말하고 협조를 당부해야겠지."

"그가 듣겠습니까?"

"듣고 안 듣고는 그가 선택할 일이지만, 설득조차 안 해 볼 수는 없는 게 아닌가."

방주의 말에 대장로가 조심스럽게 물었다.

"일을 만들지 않는 것은 어떻겠습니까?"

"그게 무슨… 소린가?"

"조용히 덮자는 말입니다."

"그게 무슨… 아니 될 말이야!"

단호한 방주의 태도에도 불구하고 대장로는 쉽게 물러서지 않았다.

"그리 잘라 낼 것이 아닙니다. 자칫 이번 일로 인해 개방은 씻을 수 없는 상처를 입을 수도 있습니다."

"그렇다고 있는 사실을 없는 일처럼 감출 수는 없는 게 아닌가?"

외면하다 • 125

"어디 그런 일이 한두 가지겠습니까?"

대장로의 말에 방주가 고개를 저었다.

"하지만 이번 일은 우리의 치부이네. 다른 곳의 치부를 굳이 들춰내지 않는 것과는 다른 일이란 말일세."

"같게 만들면 됩니다."

"그건 또 무슨 뜻인가?"

"진마벽가는 자객교의 생존자를 받아들였습니다. 제아무리 삼황을 보유한 곳이라 해도 세인들의 지탄과 그 책임에서 자유로울 순 없을 것입니다."

"그야……."

"하니 이번 일은 우리의 치부만이 아니라 진마벽가의 치부이기도 합니다."

"그 소린……."

"진마벽가의 치부를 굳이 우리가 들춰낼 이유는 없습니다. 다른 이들의 치부를 덮어 두는 것과 마찬가지로 말입니다. 물론 그 과정에서 우리의 치부가 함께 덮이겠습니다만… 그건 진마벽가의 치부를 덮자면 어쩔 수 없는 일이지요."

비로소 대장로의 말뜻을 알아들은 방주가 놀란 눈으로 다른 장로들을 바라보았다. 한데 장로들은 모두 놀란 표정이 아니었다.

이는 사전에 장로들끼리 대강의 합의를 보았다는 의미였다.

그것을 느끼자 방주의 눈엔 짙은 갈등의 그림자가 드리워졌다.

그런 방주를 대장로가 채근했다.

"결정을 내려 주시지요. 방주께서 결정을 내려 주시면 진마벽가와의 일은 법개가 알아서 처리할 것입니다."

"그가, 삼황이 받아들이겠소?"

방주의 물음에 대장로가 답했다.

"그도 자객교의 업을 짊어지고 싶은 생각은 없을 것입니다."

대장로의 답에 다시 한동안 말이 없던 방주의 고개가 천천히 끄덕여졌다.

"법개 장로에게 그대로 진행하라 이르시오."

방주의 명에 대장로를 위시한 장로들의 표정이 조금은 밝아졌다.

"알겠습니다, 방주."

힘차게 고개를 끄덕이는 대장로를 바라보는 방주의 표정은 참담함 그 자체였다.

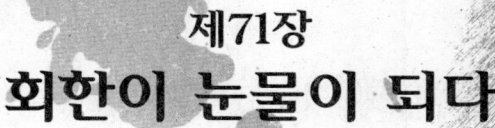

제71장
회한이 눈물이 되다

 송찬 등을 치료하기 위해 머물고 있던 객잔으로 법개가 찾아온 것은 벽사흔이 난주에 도착한 지 오 일 만이었다.
"대협을 뵙습니다."
 법개의 포권에 고개를 끄덕여 보인 벽사흔이 맞은편 의자를 가리켰다.
"앉아."
"감사합니다."
 법개가 자리에 앉자 예린이 차를 내왔다.
"드세요."
"감사합니다, 소저."
 법개의 인사에 예린은 예쁘게 웃어 보이곤 이내 방에서 물러났다.
 송찬 등의 상처가 워낙 심해서 객잔의 별채를 통째로 빌려 머물고 있던 탓에 주변의 귀를 의식하지 않아도 되었다.
 "무슨 일이기에 얼굴색이 그래? 설마… 다 죽인 거야?"
 벽사흔의 물음에 법개는 어두운 표정으로 고개를 숙였다.
 "송구합니다."
 "……"
 법개의 말이 무엇을 뜻하는지 알기에 벽사흔은 아무 말도 하지 못했다. 그런 그에게 법개가 말을 이었다.
 "소용없는 변명이겠지만, 개방의 수뇌부는 그곳에 무고한 이들이 살고 있다는 걸 알지 못하였습니다. 그 점을 살펴 주셨으면 합니다."
 자신의 이해 따윈 상관없었다. 솔직히 자객의 가족이었다면 토벌 과정에서 피해를 입었다 해도 항의할 수 없다는 생각이 들기도 했고.
 문제는 송찬과 취수전 무사들의 낙담이었다.
 지금까진 작은 가능성뿐이었을지라도 가족들이 살아 있을지도 모른다는 희망이 있었지만 이젠 그 작은 희망조차 사라진다.
 당연히 뒤따라올 허탈감과 자괴감을 그들이 어찌 버텨 낼지 걱정이 되었기 때문이다.
 정 없는 놈이라 손가락질할지도 모르지만 어쨌거나 그것

은 송찬 등이 감수해야 할 몫이었다.

다른 이의 가족을 죽여 왔다면 자신도 같은 슬픔을 감당할 준비를 했어야 한다는 것이 벽사흔의 생각이었다.

그 탓일까? 벽사흔은 쉽게 수긍해 버렸다.

"어쩔 수 없는 거겠지."

"그리고… 총타에선 대협께서 이해만 해 주신다면 해당 사안을 묻고자 하십니다."

"묻는 다라……."

대충 이해할 수 있었다.

희생자들이 자객의 가족일지라도 백도인 개방의 입장에선 결코 드러내고 싶지 않은 치부일 테니까.

어려울 것은 없었다.

더구나 이번 일 자체가 개방의 치부를 들춰내기 위해 시작한 것도 아니었기 때문이다.

한데 잠시 생각을 가다듬느라 뜸을 들인 것을 법개는 달리 받아들였던 모양이다.

"대신 몇 가지 정보를 드리겠습니다."

"정보?"

"예. 황명이 떨어진 이유와 이번 일을 덮으면서 진마벽가가 거둘 수 있는 이득에 대해서 말입니다."

황명이 떨어진 이유는 궁금하긴 했다. 그렇다고 그것에 매달릴 만큼 궁금한 사안도 아니었다.

다만 진마벽가가 거둘 수 있는 이득이란 대목에선 궁금하지 않을 수 없었다.

"말해 봐."

벽사흔의 말에 법개가 조심스럽게 물었다.

"그럼 동의… 하시는 것입니까?"

법개의 물음에 벽사흔이 답하려다 말고 고개를 저었다.

"아니, 일단 당사자들의 이야길 듣고 결정하지."

아쉬웠지만 그것이 순리임을 알기에 법개는 두말없이 고개를 끄덕였다.

"기다리겠나? 잠시면 될 텐데."

"그리하겠습니다."

법개의 답에 벽사흔은 자신의 거처에 그를 두고 송찬 등이 누워 있는 방으로 향했다.

문을 열자마자 약향이 진하게 풍겨 나왔다.

피고름을 빼기 위한 고약부터, 부기와 염증을 가라앉히기 위해 붙여 놓은 약초들, 거기에 마시기 위한 약을 달이는 향까지 뒤섞인 까닭이었다.

"좀 괜찮냐?"

벽사흔의 물음에 송찬이 미소를 지었다.

"어제보다 낫다."

그 말은 어제에도, 또 그 전날에도 들었던 답이다. 전날보다 낫다는 건 여하간 나아 가고 있다는 뜻이니 나쁠 것이 없었다.

　물론 이제부터 자신이 전해야 하는 소식은 그렇지 않겠지만……

"법개가 왔다."

　순간 송찬의 시선에 긴장이 들어찼다.

"답이… 온 거냐?"

"그래."

　가라앉은 벽사흔의 답에 그를 바라보던 송찬의 눈에 뿌옇게 습막이 차올랐다.

　뒷말을 듣지 않아도 벽사흔의 표정과 음성만으로도 결과를 짐작할 수 있었던 것이다. 그 탓에 송찬의 물음은 한발 더 나가 있었다.

"한… 사람도?"

"미안… 하다."

　벽사흔의 답에 송찬의 눈에서 기어코 눈물이 흘렀다. 그런 송찬에게 벽사흔은 법개의 말을 전했다.

"개방은 그 일을… 덮고 싶어 한다."

　송찬도 충분히 이해할 수 있는 일이었다. 그리고 그걸 반대할 생각도 없었고.

　혹자는 복수를 할 생각은 하지 않느냐고 물을지도 모르지만 송찬이나 별원에 가족을 두고 있었던 취수전의 다른 무사들도 모두 같은 생각을 가지고 있었다.

그들의 죽음에 대한 책임은 대부분 자객이었던 자신들에게 있다는 것을 말이다.

단순히 칼을 휘두른 이들만의 잘못이 아니라는 것을 잘 알고 있었던 것이다.

"상관… 없다."

송찬의 답에 벽사흔이 그의 어깨를 두드렸다.

"정말 미안하다."

벽사흔이 해 줄 수 있는 말은 그것뿐이었다. 그의 위로에 송찬은 흐르는 눈물을 닦으며 고개를 끄덕였다.

기다리는 이가 있었기에 몸을 돌리는 벽사흔에게 송찬의 음성이 들려왔다.

"어디에 묻혔는지… 알아봐 줄 수 있을까?"

벽사흔은 돌아보지 않고 고개를 끄덕였다. 그런 그에게 송찬의 음성이 다시 들려왔다.

"고맙다."

그렇게 한참 서 있던 벽사흔은 힘겹게 발을 떼었다.

법개가 기다리던 자신의 처소로 돌아온 벽사흔은 무거운 표정으로 말했다.

"동의했다. 다만."

'다만' 이란 말에 법개는 절로 마른침을 삼켜야 했다.

"무, 무엇입니까?"

"그들이 묻힌 곳을 알고 싶다."

긴장이 풀어졌다. 어려운 일은 아니다. 죽은 이들이 있는 이상, 그 시신이 묻힌 곳은 있을 터이니 말이다.

"곧 알아보고 알려 드리겠습니다. 하면 제가 말씀드렸던 정보를 알려 드리겠습니다."

법개의 말을 벽사흔이 손을 들어 막았다.

"지금은 그다지 듣고 싶지 않아. 하니 나중에… 묻혀 있는 장소를 알려 주러 왔을 때 해 줘."

벽사흔의 말에 법개가 고개를 끄덕였다.

"아, 알겠습니다. 하면 빠른 시간 안에 다시 찾아뵙겠습니다."

"그래."

유난히 힘이 없어 보이는 벽사흔의 답을 들으며 법개는 곧바로 떠나갔다.

그렇게 홀로 남은 벽사흔이 고개를 들었지만 보이는 것은 푸른 하늘이 아니라 꽉 막힌 천장뿐이었다.

"후~"

벽사흔의 입에서 절로 한숨이 새어 나왔다. 송찬 등의 일로 잠시 잊고 있던 가족들의 일이 생각난 까닭이었다.

† † †

법개의 전서를 받은 총타에선 여전히 죄인으로 갇혀 있던 후개에게 대장로를 보냈다.

"도대체 왜 이러시는 겁니까? 이미 몇 년이나 지난 일이 아닙니까?"

후개의 물음에 대장로가 잔뜩 어두운 표정으로 답했다.

"이 사람… 왜 그랬냐고는 묻지 않겠네. 젊은 혈기를 이해하지 못하는 것도 아니니까. 하나 그것이 문제가 되리라는 것은 왜 몰라."

대장로의 말에 풀이 죽은 후개가 조심스럽게 물었다.

"혹 황실에서 압력이 들어오는 겁니까?"

"황실? 황실이 왜?"

이 일에 황실이 관련되어 있는 것은 기밀이다. 아는 이들 사이에서 언급하는 것조차도 금지된.

뒤늦게 그것을 떠올린 후개가 고개를 저었다.

"아, 아닙니다."

"싱겁긴……. 여하간 잘 처리될 모양이니 조금만 참게."

"정말… 입니까?"

"그래, 서로 묻고 가기로 하였으니 잘된 것이지."

"다행이군요."

후개의 말에 고개를 끄덕인 대장로가 물었다.

"하니 말해 보게. 그들을… 어디에다 묻었는가?"

"예?"

"그들, 명사산에서 죽은 이들을 어디에다 묻었는가 그 말이야."

그 물음에 후개는 마치 무슨 이야길 하느냐는 듯이 동그랗게 뜬 눈으로 대장로를 빤히 바라보았다.

벌컥-

누군가 황급히 뛰어오는 것이 느껴지기에 담상이라 생각했던 벽사흔은 난데없이 법개가 뛰어드는 탓에 놀란 표정이 되었다.

"뭐야?"

"사, 살아 있습니다."

"뭐가 살아 있다는……."

말이 중간에서 끊겼다. 법개가 살아 있다며 달려올 대상이 하나뿐이라는 것을 기억해 냈기 때문이다.

"어디 있나?"

"대별산입니다."

"대별산이면… 하남?"

"예, 대협."

법개의 답이 끝나기 무섭게 벽사흔의 신형이 송찬 등이 치료를 받고 있는 방으로 사라졌다.

우당탕탕-

요란한 소리가 울리고 저마다 쩔뚝이는 이들이 방에서 쏟아져 나왔다.

사지가 다 부러졌던 송찬도 엉금엉금 기어 나올 지경이니 다른 이들이야 두말할 나위가 없었다.

그런 이들을 벽사흔이 말렸다.

어차피 그 몸으론 경공을 쓸 수 없다. 마차를 이용할 순 있겠지만 난주에서 대별산까진 보름 이상 걸릴 것이 분명했다.

거기다 덤으로 몸은 더 안 좋아질 것이다.

덜컹거리는 마차가 몸에 무리를 주어 치료를 더디게 만들고, 여독이 오히려 상처를 성나게 할 것이 자명했던 것이다.

그 상태로 가족을 만나도 오히려 걱정만 끼칠 것이란 설득이 먹혀들었다.

벽사흔의 말대로 차라리 치료에 전념하면 보름 정도면 자리를 털고 일어날 수 있을 터였다.

그 상황에서 경공을 사용한다면 차이는 고작 사나흘에 불과했다. 대신 건강한 몸으로 가족을, 꿈에 그리던 이들을 만날 수 있었다.

다시 방으로 들어가 약탕기째 약을 들이붓는 이들을 벽사흔은 미소로 지켜보았다.

송찬과 취수전의 여섯 무사가 치료를 받는 동안 개방을 출발한 방주와 대장로가 후개를 대동하고 난주로 달려왔다.

그들을 법개가 안내해 벽사흔을 찾아왔다.

"본 방의 방주십니다."

법개의 소개에 개방의 방주가 먼저 포권을 취해 보였다.

"대협을 뵙게 되어 영광입니다."

"영광은 무슨……."

피식 웃는 벽사흔에게 법개는 차례로 대장로와 후개를 소개했다.

양측의 인사가 대충 마무리되자 사람들이 자리에 앉았다.

"한데, 죽었다던 사람들이 어찌 살아 있는 거지?"

벽사흔의 물음에 방주의 눈짓을 받은 후개가 나섰다.

"그것은 후배가 말씀드리겠습니다."

"마음대로."

벽사흔의 허락에 후개의 설명이 시작되었다.

"당시 제가 이끄는 별동대는 방주님의 명에 따라 돈황에 도착한 직후 곧바로 명사산으로 투입되었습니다. 명사산에 도착하여 보니 관군이 이미 월아천 일대를 포위한 상태였습니다. 저희는 그 안으로 들어가 자객교의 자객들을 제거하는 임무를 맡았습지요."

강호의 자객을 토벌하는 데 군부가 강호인들을 이용하려 했다는 것은 충분히 납득이 가는 일이었다.

"해서?"

"해서 저희는 곧바로 월아천 안으로 돌진했습니다. 아실지 모르겠지만, 월아천엔 하나의 건물만 있습니다. 물론 전각 하나로 이루어진 것은 아닙니다만……."

"월천각(月泉閣) 말이로군."

"아시는군요."

후개의 놀람에 벽사흔은 말없이 고개를 끄덕였다.

"대충은."

사실 월아천은 군부에서도 상당히 중요하게 생각하는 곳이다. 비단길의 중심축인 돈황 인근의 녹주(綠洲)였기 때문이다.

돈황이 가까워 군대를 주둔시키지도 않고, 대상들도 월아천보단 돈황을 이용하는 탓에 사람의 통행이 적다지만 유사시 돈황이 적에게 점령당했을 때 군이 인근에서 이용할 수 있는 유일한 식수원이었다.

그것은 돈황을 공격하는 적도 마찬가지다.

그런 연유로 옥문관이 적에게 돌파당하면 섬서성 도지휘사사와 우군도독부는 군대를 월아천으로 보내 그곳을 수비하도록 되어 있었다.

때문에 현역 시절 변경 시찰 때 벽사흔도 몇 번 다녀온 적이 있는 곳이었다.

"그럼 설명해 드리기가 편하겠군요. 월아천으로 돌입한 저희가 처음 제지를 받은 곳이 바로 그 월천각의 입구였습니다."

"싸움이 거칠었겠군."

지켜야 할 가족이 있었으니 월천각 입구를 틀어막은 자객들의 저항이 강렬했을 것이라 생각한 까닭이었다.

하지만 돌아온 답은 생각과 달랐다.

"저희도 처음엔 그럴 것이라 생각했는데, 실제론 싸움이 일어나지도 않았습니다."

"그게… 무슨 소리지?"

"자객들은… 대부분 스스로 목숨을 끊었습니다. 대신 저희에게 부탁을 했지요."

"부탁?"

"안에 있는 가족들을 살려 달라고 말입니다. 그땐 얼마나 당황스러웠는지……."

"그래서 살려 준 건가?"

"죽일 이유가 없었으니까요. 눈매가 날카로운 몇몇 노인들이 마음에 걸리긴 했지만, 나머진 모두 겁에 질린 여인들과 놀란 아이들이었거든요."

후개의 말에 벽사흔이 물었다.

"관군이 허락하지 않았을 텐데?"

"그것 때문에 애를 먹었습니다. 관군은 자객교의 사람이라면 강아지 한 마리까지 모두 다 죽길 바랐으니까요."

"그런데도 살려 냈다?"

"개방의 제자들 중엔 꽤 재미있는 재주를 가진 이들이 많답니다. 당시엔 그런 재주들이 큰 도움이 되었지요."
"그게 무슨 뜻이지?"
"대수로 공사에서 감독을 했던 제자가 있더군요. 거기에 꽤나 노련한 석공들도 있고… 여하간 그땐 원 없이 땅을 파봤습니다."
"땅을 팠다면……?"
"예. 월천각 아래의 땅을 파서 그곳에 숨겼습니다. 관군이 월천각을 불태울지도 모른다는 생각에 입구를 다른 곳에도 내고, 연기가 빠져나갈 구멍도 만들었지요. 물론 관군이 불을 지르지 않고 철수해서 다 헛짓이 되었지만……. 그 덕에 다친 사람이 없었으니… 뭐, 불만은 없습니다."
"그럼 관군이 철수한 후에 그들을 옮겼단 말인가?"
"예. 처음엔 어디로 옮겨야 할지 막막해서 급히 태상방주께 여쭈었더니 대별산으로 옮기라고 하시더군요."
"걸군이… 알고 있었다고?"
"예. 저희만으로 결정하기엔 너무 큰일인지라……."
"한데 다른 이들은 몰랐다?"
벽사흔의 의문에 후개가 서둘러 답했다.
"태상방주께선 아는 이들이 많을수록 그들의 이야기가 퍼지기 쉽고, 그럴 경우 위험은 높아질 것이라며 저희에게 함구령을 내리셨습니다."

결과만 놓고 말하자면 탁월한 판단이었다.

 다만 그 탓에 찾아야 하는 이들까지 찾지 못했지만 말이다.

 그래도 신분이 누설되어 원한을 가진 이들로부터 해코지를 당하는 것보단 백배 천배 나았다.

 방주나 고위 수뇌에게도 보고하지 않았던 것은 황명을 어긴 부담을 오로지 태상방주 혼자 짊어지기 위함이었다.

 물론 그건 내부의 일이니 벽사흔에겐 언급할 필요가 없었다.

 "고마운 일이로군. 하면, 그 후로는 어찌 되었는지는 모르겠군."

 "아닙니다. 이후로도 계속 태상방주님이 보살펴 오셨습니다."

 "그게 무슨……?"

 "혹시 원한을 가진 이들이 찾아올지 모른다고……. 태상방주께선 당시 일에 관계되었던 제자들을 일부러 인근 분타로 보내 그들을 보호했습니다."

 놀라울 뿐이다.

 그만한 인사가 육 년에 가까운 긴 시간 동안 관심을 가지고 그들을 돌보았다니 말이다. 한데 벽사흔의 놀람은 거기서 그치지 않았다.

 "실은… 돌아가시기 전 태상방주께서 여양으로 여정을 잡으신 이유도 그들을 살펴보기 위해서였습니다."

"그건 또 무슨 소린가?"

놀란 벽사흔의 물음에 후개가 답을 이었다.

"대별산을 관리하는 당하 하타(夏舵)는 여양 분타의 소관이었습니다."

"하면!"

놀라는 벽사흔에게 방주가 나서서 뒷말을 이었다.

"당시 태상방주님을 구하신 것이 대협이라 들었습니다. 늦었지만, 감사를 드립니다."

"인사를 받을 만한 일은 아니다."

"하오나 저희는 그리 생각지 않습니다."

"아니, 지금은 그런 것이 문제가 아니다. 걸군이 그들을 살피기 위해 움직이다 당했다면……?"

불안하게 흔들리는 벽사흔의 눈동자를 바라보며 방주가 고개를 끄덕였다.

"후개에게 그 말을 듣고 저흰 흉수가 관부의 고수가 아닐까 짐작하고 있는 중입니다."

정확한 추리다. 실제로 걸군을 그 꼴로 만들어 놓은 것은 창존이었으니까.

문제는 그걸 벽사흔이 입 밖으로 낼 수 없다는 것이었다. 그걸 알려 줬을 때 벌어질 일들을 감히 짐작하기 어려웠기 때문이다.

개방에 있어 창존은 불구대천의 원수다.

그에 반해 북경묵가에서 창존은 반드시 지켜야 하는 존재다.

당연히 둘은 충돌할 수밖에 없다.

관부 무인들의 중심이라고까지 불리는 북경묵가의 특성상 그 충돌에 관부가 끌려 들어가는 것은 불을 보듯 뻔했다.

강호인의 복수에 관부가 개입하게 되면… 강호인들은 결코 그것을 좌시하지 않을 것이다.

그것이 스스로 죽음의 구렁텅이로 걸어 들어가는 것인 줄 안면서도 말이다.

결코 강호에 호의적이지 않은 벽사흔으로서도 그건 막아야 했다.

더구나 강호에 발을 담그고 있는 지금은 더.

"관부고수라……."

중얼거리는 벽사흔에게 방주가 말을 이었다.

"예, 태상방주님의 능력으로 볼 때 황궁삼대고수가 동원되었을 것으로 짐작하고 있습니다. 현재 그들의 당시 행적에 대한 조사가 진행 중입니다. 조만간 단서가 포착될 것입니다."

방주의 말에 벽사흔은 알 수 없는 불안감에 자리가 편치 않았다.

만의 하나 개방이 창존이 범인인 것을 밝혀낸다면…….

관부와 강호의 전쟁은 시간문제다.

회한이 눈물이 되다 • 147

물론 승자는 이미 정해져 있다. 강호가 아무리 강하다 해도 결코 관부를 이길 순 없다.
 문제는 그동안 입게 될 무고한 이들의 피해다.
 그리고 그 피해자들 속엔 자신의 진마벽가도 포함될 가능성이 높았다.
 황제가 제아무리 비호하고 나선다 해도 권력의 특성상 한번 휘돌기 시작한 소용돌이는 모든 것을 다 부수고서야 멈추기 때문이다.
 물론 벽사흔 자신은 살아남을 자신이 있었다.
 그러나 애써 세운 가족을 모두 잃고 다시 혼자 살아남으면 무슨 소용이란 말인가?
 그런 일은 있어서도 안 되고, 있을 수도 없다. 아니, 그러지 않도록 만들어야만 했다.
 정신이 딴곳에 있으니 이후에 나눈 이야기들은 기억조차 나지 않았다.
 여하간 이후에도 잠시간 대화를 나눈 개방 사람들은 난주 분타로 사용되는 폐가로 돌아갔다.

† † †

 송찬과 취수전 여섯 무사들의 치료는 생각 외로 일찍 끝났다.

약을 물처럼 마시고 하루 온종일 운기조식에 매달리니 상처가 빨리 낫지 않을 수 없었던 것이다.

 의원으로부터 아직은 더 정양해야 하지만 움직여도 좋다는 결과를 받아 든 송찬은 벽사흔을 졸라 곧바로 움직였다.

 그들을 개방의 방주와 후개가 안내했다. 여하간 개방의 보호 아래에 있었기 때문이었다.

 다시 벽사흔을 마주한 여양 분타주, 유삼은 좌불안석이었다.

 과거 무림지회에 다소 과장된 보고서를 올린 까닭이었다.

 그날 이후 하루도 마음 편히 산 날이 없었다. 벽사흔이 언제 들이닥쳐 자신의 목을 비틀지 몰랐기 때문이다.

 "대, 대협……."

 당시엔 괘씸하긴 했지만 그뿐이었다.

 일문의 종사들인 십대고수들이 유삼의 보고서만으로 자신을 핍박했다고는 생각하지 않았던 까닭이다.

 그리고 가장 중요한 것은 그때의 기분조차 생각나지 않을 정도로 시간이 흘렀다는 것이다.

 그 탓에 자신을 보곤 바들바들 떠는 유삼의 모습에 벽사흔은 피식 웃어 버렸다.

 그것의 의미를 유삼은 재빨리 알아차렸다.

 "요, 용서해 주시는 겁니까?"

 "다음엔……."

"다, 다음이라니요. 그런 일은 절대로 없을 것입니다."

역시 눈치 하나는 빨랐다.

"안내나 해."

벽사흔의 말에 유삼은 곧바로 일행을 당하로 이끌었다. 대별산의 은신처는 당하 하타에서 관리하는 까닭이었다.

당하에 도착한 이들의 모습에 하타주는 놀람을 금치 못했다.

상위 분타주는 물론이고, 방주와 대장로에다 후개까지 모습을 드러낸 까닭이었다.

"어, 어찌 방주께오서……."

황공해하는 하타주에게 유삼이 말했다.

"이미 알고 오셨다니 안내해."

그것만으로도 무엇을 말하는지 알아들은 당하 하타주는 방주의 눈치를 보느라 정신이 없었다.

그런 그의 안내로 사람들은 대별산으로 향했다.

대별산은 산세가 제법 험하다. 짙은 산림으로 인해 사람의 발길이 닿지 않은 곳도 많은 데다, 주요 관도와도 거리가 있는 탓에 제법 험한 산이면 으레 들어서는 녹림의 산채조차 없었다.

그런 대별산 자락에 별의(別意)란 이름의 작은 화전민 마을이 있었다.

당하 하타주를 앞세우고 그 마을로 들어서는 이들을 마을 사람들은 환하게 웃는 얼굴로 맞았다.
  물론 하타주의 뒤를 따라 들어서는 이들의 면면을 확인한 촌장을 비롯한 몇몇 노인은 기절하기 직전의 표정이 되었지만.
  촌장의 안내를 받아 한 모옥 앞에 당도한 송찬은 떨리는 눈으로 다가섰다.
  "엄마, 난 왜 아빠가 없어?"
  모옥 안에서 들려온 어린아이의 음성에 송찬의 발은 굳은 듯 멈춰졌다.
  "아빠는 멀리 일하러 가셨으니까."
  여인의 음성이다. 그것도 송찬이 꿈에서도 잊어 본 적이 없는……
  "언제 갔는데?"
  "우리 산이가 태어나기도 전에."
  "그럼 아빤 나 못 봤나?"
  "응. 그래도 알고 계실걸."
  "어떻게?"
  "아빤 훌륭한 분이셨으니까."
  고개가 숙여졌다. 훌륭한 사람……. 돈을 받고 다른 이의 목숨을 취하는 이가 듣기엔 부끄러워 고개도 들지 못할 소리였다.

"그럼 우리 아빠도 무사야?"

"무사?"

"응. 매번 우리 마을에 왔다 가는 냄새나는 아저씨들. 촌장 할아버지가 그러는데 굉장히 훌륭한 무사라고 하던데."

"으응… 맞아. 훌륭한 분들이지. 고마운 분들이기도 하고."

"그럼 우리 아빠도 무사가 맞아?"

"그래, 무사 맞아."

"우아! 그럼 우리 아빠도 냄새나?"

"호호호호! 왜, 냄새나면 싫어?"

"아니, 아니, 좋아. 난 냄새나도 아빠가 좋아."

"아빠도 우리 산이를 좋아할 거야."

"정말?"

"그럼."

"근데 엄마."

"왜?"

"아빤 언제 와?"

"나중에 우리 산이가 이만큼 크면 온다고 말했었지?"

"왜 그 전에는 못 오는데?"

"일이 많아서."

"당루 형네 아빠도 그럼 그래서 못 오는 거야?"

당루… 송찬이 아는 이름이다.

일이 터지기 두 달 전, 아들을 얻은 수하가 부탁해서 자신이 지어 준 이름이었다.
  문제는 그 수하는 자신처럼 살아남지 못했다는 것이었다.
 "응."
 "그럼 우리 아빠랑 당루 형네 아빠랑 같이 오겠네."
 "그렇지."
  답하는 여인의 음성에 송찬은 하늘로 시선을 주었다. 당루의 아비가 내려다보고 있을 곳을 찾으려는 듯이……
 "근데 우리 아빤 키가 크나?"
 "그럼 이만큼 크지."
 "나 업어 줄 수 있을 만큼?"
 "그럼."
 "목말도 태워 줄 수 있을까?"
 "목말?"
 "응. 평이는 촌장 할아버지가 항상 목말을 태워 준다고 자랑하거든."
 "산이가 부러웠던 모양이구나?"
 "그냥……."
 "엄마가 태워 줄까?"
 "아니, 싫어."
 "왜? 엄마가 태워 줄게. 이리 와."
 "아냐. 나 목말 별로 안 타고 싶어."

"왜?"

"그냥… 엄마 힘드니까. 아까 산에 나무도 하러 갔다 와서 힘들잖아. 대신 이리 와, 엄마. 내가 등 두드려 줄게."

"정말?"

"응."

"어디 그럼 우리 산이 안마 실력 좀 볼까?"

"에헤헤!"

"에고! 에고! 시원해라. 우리 산이 효자네."

"헤헤헤! 시원해?"

"응, 너무 시원해."

"나중에 아빠 오면 이만큼 두드려 줄 거야."

"아빤 좋겠네. 우리 산이 같은 효자를 둬서."

"에헤헤헤!"

목이 메었다. 불러야 하는데, '여보, 산아.' 그렇게 불러야 하는데, 메인 목에선 좀처럼 음성이 나오지 않았다.

거기다 바보처럼 뺨을 타고 흐르는 눈물이 너무 많았다. 처음 만나는 아들 앞에서 우는 아비라니, 그런 모습을 보이고 싶지 않아 연신 눈물을 닦아도 다시금 뺨은 흥건히 젖어 들었다.

"크흐흑……."

참아야 하는데 기어코 울음소리가 샜다. 그 소리가 모옥 안에 들린 모양이다.

"누구세요?"
털컥-
문이 열리고 여인과 아이가 고개를 내밀었다.

 여인은 한참 동안 자신의 집 앞에서 울고 있는 사내를 바라보았다. 그리고…….
"여, 여보!"
 버선발로 달려 나온 여인이 송찬을 끌어안았다.
 엄마가 낯선 사내를 끌어안고 엉엉 우는 모습이 아이에겐 두려웠던 모양이다.
 후다닥 달려 나온 아이는 여인의 치맛자락을 잡고 함께 서럽게 울었다.
 그런 아이를 송찬이 끌어안고 울었다.

 마을 곳곳에서 울음이 터져 나왔다. 오랜 시간 기다린 이도, 죽은 줄 알았던 사람을 만난 이들도 반가움에, 긴 기다림의 슬픔에 서럽게 울었다.

그런 이들을 바라보며 마을 어귀에 모이는 여인들이 생겼다.

처음엔 한두 명이던 것이 열을 넘고, 이내 수십 명이 되었다.

그녀들은 마을 어귀에서 저만치 산 아래로 이어진 길을 기웃거렸다.

혹시라도 뒤늦게 자신들의 남편이 돌아올지 모른다는 생각에…….

그 모습을 바라보던 예린이 울었다.

흐느끼는 소리를 내지 않으려 벽사흔의 팔에 얼굴을 묻고 예린은 하염없이 울었다.

그녀의 눈물이 전염이라도 일으킨 것인지 하나둘 주저앉은 마을 어귀의 여인들이 울었다.

커다랗게 울지도 못하고 흐느끼는 그녀들의 눈물은, 울음은 소리가 없어 더 서러웠다.

해가 저물고 사람들은 저마다의 집으로 돌아갔다.

방주와 개방의 사람들은 으레 그래 왔듯이 촌장의 집에 머물렀고, 담상은 죽은 친구의 부모 집에, 벽사흔과 예린은 송찬의 집에 머물게 되었다.

이름이 산이라는 송찬의 아들은 동그란 눈으로 벽사흔을 바라보다가 물었다.

"아저씨도 무사예요?"

송찬의 뒤에서 고스란히 아이와 송찬의 아내가 나누는 대화를 들었던 벽사흔이다.

그런 연유로 아이가 묻는 이유를 어렵지 않게 짐작할 수 있었다.

"그래, 무사지."

"별로 안 세죠?"

"왜 그렇게 생각하지?"

"냄새가 안 나잖아요."

이곳을 찾아오던 무사들이라고 해 봐야 개방의 제자들이다.

으레 높은 놈일수록 잘 씻지 않는 개방의 성향상 아이에겐 강할수록 냄새가 심한 거라고 생각될 수도 있었다.

"냄새하고 강한 것하곤 상관없어."

"정말이에요?"

"그래."

벽사흔의 답에도 불구하고 산이는 별로 믿지 않는 모양이었다.

그것이 은근히 벽사흔의 승부욕을 자극했다.

"네가 내 말을 못 믿나 본데, 정말이야."

"얼마나 센데요?"

"검강도 삼 장까진 뽑아낼 수 있어."

여섯 살짜리 애한테 검강이니 검기니 떠들어 봐야 하나도 알아듣지 못한다는 걸 벽사흔은 몰랐던 모양이다.

"그게 뭔데요?"

"뭐?"

"검… 그 뭐라는 게 뭐냐구요?"

"아! 검강. 흠… 네가 송찬 아들이니까 특별히 해 주는 말이다만, 검강은 내공을 강하게 압축시켜서 거궐, 이완……."

이후에도 수십 개의 혈도를 불러 대며 열심히 검강의 구현 원리를 설명하는 벽사흔을 산이는 심각한 표정으로 바라보았다.

"이해했냐?"

벽사흔의 물음에 산이가 답했다.

"아니요."

"근데 왜 그렇게 심각한 표정으로 보고 있었어?"

"어른이 말씀하시는데 까불거리면 안 된다고 엄마가 그랬거든요."

"이런!"

두 사람의 대화를 지켜보던 예린이 결국 웃음을 터트렸다.

"풋!"

"왜?"

"꼬마 애예요. 이제 여섯 살짜리를 앉혀 놓고 검강의 원리를 설명하면 알아들을 거라고 생각했어요?"

"그, 그야……."

의욕이 앞선 탓이다.

더구나 자신을 깔보는 듯한 맹랑한 눈빛에 욱한 것도 있었고.

"그것보단 차라리 목말이나 태워 주세요."

예린의 말에 산이도 반색했지만 벽사흔은 무정하게 고개를 저었다.

"싫어."

"왜요?"

"제 아빠가 있는데 내가 왜."

벽사흔의 말에 산이의 시선이 방 밖 부엌 쪽으로 향했다. 손님을 접대한다고 음식을 만드는 아내를 돕기 위해 송찬도 부엌에 있었던 것이다.

그런 산이를 측은하게 바라보던 예린이 벽사흔의 옆구리를 찔렀다.

"왜~ 에?"

"해 줘요."

"싫다니까."

"정말 애처럼 그럴 거예요?"

"처음 타는 목말이야. 그렇다면 제 아비의 목말을 타야지.

의외의 소득 • 163

그 기회를 빼앗으면 송찬이 그냥 있을 것 같아?"
그제야 벽사흔의 마음을 알아차린 예린이 당황한 표정으로 고개를 끄덕였다.
"아! 그걸 생각 못했네요. 역시 가주님은 좋은 사람이에요."
"좋긴 개뿔……."
벽사흔의 겸연쩍은 음성이 방 안을 채우고 있었다.

다음 날, 송찬의 목말을 탄 산이가 벽사흔과 개방 사람들을 배웅했다.
"휴가라 생각하고 쉬어. 주변 정리하고 데리러 올 테니까."
"미안… 하다."
송찬의 말에 벽사흔이 면박을 주었다.
"지랄. 그냥 편히 쉬고나 있어."
"고맙다."
"뭐가?"
"그냥 다."
"미친놈."
벽사흔의 욕설에도 불구하고 송찬은 웃음을 감추지 못했다.
그렇게 멀어져 가는 사람들을 향해 송찬의 목말을 탄 산이가 손을 흔들었다.

"잘 가, 예린 이모."

산이의 음성에 하룻밤 만에 친해진 예린이 돌아서 손을 크게 흔들었다.

† † †

대별산을 내려온 벽사흔은 개방 사람들과 몇 가지 논의를 거친 후, 그들과 헤어져 곧바로 북경으로 향했다.

벽가의 사람이 된 이들의 가족만 데려갈 수도 없는 노릇이고 보면, 별의 마을에 사는 사람 모두를 벽가가 품에 안아야 했다.

그러자면 먼저 관부의 관심이 어느 선까지, 왜 드리운 것인지를 파악해 해결할 필요가 있었다.

그 답을 가장 빨리 토해 낼 사람을 벽사흔은 알고 있었다.

예린과 담상까지 떨어트리고 북경에 도착한 벽사흔은 북경 한복판에 떡하니 들어선 거대 장원 앞에 섰다.

북경묵가

검은 바탕에 붉은 글씨로 쓰인 현판이 강렬한 느낌을 전해 주었다.

활짝 열린 정문엔 흔한 경비 무사조차 세워 두지 않았다. 들어오려면 들어오라는 묵가의 오연함이 그대로 묻어났다.

천천히 들어서는 벽사흔을 보면서도 묵가의 사람들은 별다른 관심을 보이지 않았다.

그렇게 묵가 안을 걷던 벽사흔에게 처음 관심을 가진 이는 문사복을 입은 한 청년이었다.

"보아하니 묵가 분이 아니신 듯한데… 누굴 찾아오셨습니까?"

청년의 물음에 벽사흔이 답했다.

"묵린."

너무 짧은 대답이라 기분이 상했을 법도 하건만 청년은 눈 하나 찡그리지 않고 답했다.

"묵린이라……. 잘 모르는 이름이로군요. 저도 이곳에 잠시 일을 보러 온 사람이라서요. 차라리 총관부로 모셔다 드리지요."

청년의 말에 벽사흔은 아무 말 없이 그를 따라 걸었다.

"아무나 들어오라는 담대함은 인정합니다만, 손님에 대한 예로는 부족한 느낌을 지울 수 없습니다."

그 말에 벽사흔은 청년을 슬쩍 보았다.

모르는 것이다. 그것마저도 묵가가 의도한 바라는 것을.

북경묵가는 정문 무사와 접객원을 배치하지 않음으로써 그 누구라도 먼저 자신이 왔음을 묵가의 사람에게 알려야

하게끔 만들어 놓았던 것이다.

한마디로 묵가 스스로 손님에게 먼저 고개를 숙이는 일은 하지 않는다는 오만함이었다.

이후에도 청년은 여러 말을 했지만 벽사흔은 아무 대꾸도 하지 않았다.

무시당했다고 생각할 수도 있는 상황에서조차 청년은 화를 내지 않았다.

오히려 벽사흔에게 묵가 내에서 일어나는 여러 가지 일들을 떠드느라 바쁠 뿐이었다.

"식객인가?"

벽사흔의 물음에 청년이 웃으며 고개를 저었다.

"백년손님이랍니다."

"백년손님?"

"사위란 소리죠."

그 말에 벽사흔은 놀란 표정을 짓지 않을 수 없었다.

자신을 안내해 오는 동안 청년이 쏟아 놓은 이야기들의 대부분이 묵가의 흉이었다.

그 말은 처갓집 흉을 처음 보는 외인에게 보았단 소리였다.

도대체 누구와 어떤 관계인 줄 알고?

의아해하는 벽사흔에게 청년이 싱긋 웃어 보였다.

"설마 다 고자질하실 생각은 아니시겠지요?"

이건 뭐라 말하기 어려울 만큼 대책이 없는 사람이었다.

"묵가와 혼인을 했을 정도라면… 이름 있는 가문일 텐데?"

"예전엔 그랬지만 지금은 별로에요."

"어디 출신이지?"

"양가장이라고… 혹시 들어 보셨나요?"

청년의 물음에 벽사흔의 눈이 커졌다.

양가장(楊家將).

흔히 신창양가(神槍楊家)라 부르는 곳이다.

역사가 깊은 가문으로 그 시초는 송 대(宋代)까지 거슬러 올라간다.

가문의 시조로 삼는 이는 송 초기의 명장인 양업이다.

흔히 중원의 장창술을 이야기할 때 빠지지 않고 등장하는 가문이 바로 양가장이다.

대저 사람들은 이 양가장에서 중원의 장창술이 시작되었다고 믿는다.

오죽하면 가문의 이름 앞에 신창이란 말이 붙었을까.

가전무공이 장창술인 데다, 시조가 관부 무장인 탓에 대대로 뛰어난 무장들을 배출해 온 명문 무가였다.

그 탓에 가문을 뜻하는 장 자에 장수를 뜻하는 글자가 쓰일 정도였다.

다만 송말, 원에 대항하여 가문의 거의 모든 사내들이 전장으로 나가 돌아오지 못한 탓에 신창이라고까지 불렸던 창술의 맥이 끊겼다.

 원 치하에선 감시와 탄압을 받았고, 명이 들어서며 다시 복권되었지만 여전히 예전의 성세를 찾지 못하고 있었다.

 여하간 이름만 남았다 해도 양가장은 창을 다루는 관부 무인들에겐 가슴 한편을 설레게 만드는 우상 중 하나였다.

 "한데 문사……?"

 "아! 제 가문의 이름을 듣고 가장 먼저 묻는 말이 바로 그거죠. 한데 별수 없지 않습니까. 남아 있는 무공은 없고, 그렇다고 남의 집 창술을 훔쳐다가 양가 창법이네 거짓말을 할 수도 없는 노릇이니 말입니다. 거기다 저희 할머님이 칼 차고, 창 든 사람이라면 아주 질색을 하시니 책이나 읽을 수밖에요. 그러다 보니 문사가 되었습죠."

 장황한 설명이 이어졌지만 벽사흔은 믿지 않았다. 그가 말하는 동안 살펴본 결과, 그는 무공을 익혔다. 그것도 아주 절박할 정도로.

 걸음걸이는 물론이고 움직이는 팔의 각도까지, 모든 것이 창술에 맞춰져 있었다.

 내공이 없다고, 손이 곱다고 무인이 아니라고 생각하는 사람들이 많긴 하겠지만, 창술을 제대로 아는 이들이라면 놓치지 않을 것이 분명했다.

 비로소 자신을 문사라 주장하는 양가장의 사람을 왜 묵가가 사위로 들였는지 알 것 같았다.

"여기가 총관부입니다. 여기 들어가셔서 물으시면 묵린이란 사람을 만나실 수 있을 겁니다."

"고맙다."

"별말씀을. 한데… 나이가 많죠?"

"왜?"

"하대가 굉장히 자연스러우셔서 말입니다. 아하하하!"

별로 상관하지 않는 것 같더니 나름대로 신경이 쓰였던 모양이다. 청년의 그 말에 벽사흔이 피식 웃었다.

"너보단 많아."

"그렇죠. 내 그럴 줄 알았다니까요. 하면 다음에 또 뵙죠."

자신의 말을 그대로 믿고 돌아가는 청년을 바라보며 벽사흔은 다시 한 번 웃었다.

왠지 모르게 밉지 않은 녀석이란 생각이 들었던 까닭이다.

청년의 모습이 사라지자 안으로 들어서던 벽사흔은 생각지 못한 이를 만났다.

"자, 장군!"

"너……."

좌군도독 감온은 꿈에서조차 마주치지 않길 바랐던 사람의 등장에 기함을 한 표정이었다.

"어, 어쩐 일이십니까, 장군?"

"그건 내가 물어야 하는 거 아니고?"

"그, 그것이……."

강호에서 창존으로 불리는 묵린은 무장들의 정치 세력인 척의 중심인물이다.

 그에 반해 감온은 전통 야전 지휘관으로 척과는 거리를 두고 있었다.

 도독부를 이끄는 도독이 군벌이 되는 작금의 상황에서 명나라 최강의 군벌로 통하는 좌군도독 감온이 북경묵가에 있을 이유가 없었던 것이다.

 더구나 최근에 벽사흔이 알아낸 바에 의하면 감온은 태후의 사람일 가능성이 높았다.

 잠시 어색한 대치를 이루고 있던 상황은 새로운 사람의 등장과 함께 끝이 났다.

"저기, 감 도독……."

 뒤이어 총관부에서 나오던 묵린은 난감한 표정으로 서 있는 감온을 발견하곤 그의 시선을 좇다가 기겁했다.

"허억! 자, 장군!"

 비로소 묵린은 감온이 부동자세로 서 있다는 것을 알아보았다.

 미리 알았다면 도망가는 한이 있어도 결코 제 발로 걸어나오진 않았을 것이다.

"죄졌어? 뭘 그렇게 놀라?"

"아, 아닙니다. 죄, 죄는 무슨… 그런 일 없습니다!"

 큰 소리로 복명하는 묵린의 모습에 주변의 사람들의 놀란 시선이 몰렸다.

 하지만.

 "허헙!"

 묵린의 헛기침 하나에 사람들은 서둘러 시선을 돌리고 총관부에서 물러났다.

 그 모습에 벽사흔이 피식 웃었다.

 "교육 잘 시킨 모양이다."

 "가, 감사합니다."

 "감사는 무슨……. 애들 교육은 잘 시킨 놈이, 손님 접대는 이따위로 하냐는 소리다. 눈치는 예나 지금이나 눈을 씻고 찾아봐도 없고."

 "드, 드십시오, 장군."

 화들짝 놀란 묵린의 안내로 총관부 안으로 들어선 벽사흔은 어느새 텅 비워진 전각 안을 보며 다시 한 번 웃었다.

 "여, 여기 앉으십시오, 장군."

 묵린이 내놓는 의자에 앉은 벽사흔의 미간에 주름이 잡혔다.

 "근데 이놈은 왜 안 들어와?"

 벽사흔의 말이 끝나기 무섭게 밖으로 고개를 내민 묵린이 고함을 쳤다.

 "감 도독! 장군께서 찾으시오!"

 어느새 도망가고 있었던지 묵린의 고함 소리에 거칠게 달려오는 발소리가 들렸다.

"헉헉! 부, 부르셨습니까, 장군?"

"감온이, 요샌 가라는 말이 없어도 그냥 막 가고 그러나 보다?"

"아, 아닙니다. 그냥 두 분이 긴한 말씀을 나누실까 봐 잠시 자리를 비켜 드린 겁니다. 정말입니다. 믿어 주십시오."

"믿어 달라?"

"예, 믿어 주십시오."

"뭐, 감온이가 그리 말한다면 믿지."

"감사합니다, 장군."

"감사는 무슨……. 그나저나 묵린."

"예, 장군."

"요즘 묵가 사정이 안 좋냐?"

"왜, 왜 그러시는지……?"

"차 살 돈이 없나 싶어서."

"아! 고, 곧 준비해 올리겠습니다, 장군."

이내 묵린이 분주히 움직이더니 벽사흔의 앞으로 차가 놓였다.

후루룩.

"오~ 용정차. 묵린이 입맛이 고급화된 모양이다."

"그, 그게 소, 손님 접대용입니다."

"손님 접대용이다?"

"예. 아니라면 어, 어찌 감히 황상께서 마시는 용정차를 소장이……."

당황해서 어쩔 줄 몰라 하는 묵린의 모습에 슬쩍 웃어 보인 벽사흔이 말했다.

"불어."

"예?"

뜬금없는 물음에 제대로 답하지 못한 묵린의 반문에, 벽사흔의 시선이 곁에 부동자세로 서 있는 감온을 훑고 지나갔다.

"저놈이 여기 있는 이유."

"아! 그, 그게… 치, 친선. 그렇지. 친선 방문입니다."

"차라리 개가 원숭이네 집에 놀러 갔다고 해라. 그럼 믿어 줄게."

견원지간을 빗댄 벽사흔의 핀잔에 묵린은 당황한 표정이 역력했다.

그런 그에게 벽사흔이 말을 이었다.

"스스로 불래, 아니면 내가 캐 줄까?"

벽사흔이 정보를 캐는 방법은 피가 흥건히 흐른다. 시작되면 그길로 생존은 물 건너간다.

시신조차 온전히 지키는 것이 사치라 느껴질 정도로 손속이 가해지는 탓이다.

"아, 아닙니다. 마, 말씀드리겠습니다."

그것이 묵린이 사색이 되어 곧바로 입을 연 까닭이었다.
 그럼에도 불구하고 또 다른 당사자인 감온은 책망의 기색조차 없다.
 만일 묵린이 망설였다면 감온 자신이 나서서 말할 생각이었기 때문이다.
 그렇게 두 사람이 만난 이유가 벽사흔에게 설명되고 있었다.

 묵린의 설명을 다 듣고 난 벽사흔은 미심쩍은 표정을 지었다.
 "겨우 필의 행동 때문에 너희 둘이 만났다고?"
 둘이 합하면 황제의 군권과도 견줄 수 있는 이들이 겨우 필의 압박을 이겨 내기 위해서라 설명한 까닭이었다.
 "정말입니다, 장군."
 "도대체 필이 어쨌기에?"
 "그게… 요사이 척에 가입하지 않은 무장들 다수가 필에 의탁하고 있습니다. 특히 후군도독부 예하 지역을 맡은 장수들의 움직임이 그렇습니다."
 묵린의 말에 벽사흔의 표정이 굳었다.

업보를 슬퍼하다 • 179

후군도독부의 관할 지역이 바로 황궁이 있는 북경이 속한 북직례와 여름 궁전이 있는 남경이 포함된 남직례, 그리고 북직례의 배후지원지구인 산서 지역이었기 때문이다.

한마디로 후군도독부를 장악하면 황제의 안위가 한 손에 들어오는 셈이다.

그 탓에 황제는 언제나 후군도독부 및 그 예하 도지휘사사를 구성할 때 연관성이 없는 이들을 임명하고 있었다.

한데 묵린의 말대로라면 그 기조가 필의 장난질로 깨져 나가고 있다는 것이었다.

"확실해?"

"조금만 손을 대시면 금방 알아보실 수 있는 일을 어찌 거짓으로 아뢰겠습니까."

묵린의 답에 잠시 생각을 정리하던 벽사흔이 물었다.

"해서 대책은?"

"척에서 해당 지역의 도지휘사들을 교체하도록 주청을 드릴 생각입니다."

묵린의 답에 이어 감온도 말을 보탰다.

"오군도독부 회의를 열어, 중군도독의 경질을 주청드릴 생각입니다."

"필의 행동을 적시하진 못할 테고, 무슨 이유를 댈 생각이지?"

"순환 보직입니다."

그 말은 중군도독과 예하 도지휘사들을 다른 지역으로 보내라 주청한다는 뜻이다.

문제는 황제가 그것을 가납하면 동일한 수의 고위 무장들이 자신의 기반 지역을 떠나 중군도독부 예하 지역으로 이동되어 와야 했다.

특히 중군도독이 순환 보직으로 나가면 나머지 네 명의 도독들 중 한 명이 자리를 내놓고 중군도독으로 이전해야 함을 뜻했다.

군벌을 형성하는 현 체제에선 사실상 불가능한 일을 추진하는 셈이다.

당연히 벽사흔의 물음이 고울 수 없는 이유였다.

"가능성이 있다고 보나?"

"도지휘사들은 가능합니다. 다만 중군도독이 걸리는데… 그건 금의위 도독과 논의 중입니다."

다시 말해 중군도독과 금의위 도독이 서로의 자리를 교차해 옮기겠끔 한다는 소리였다.

금의위 도독이 동의한다면 충분히 가능한 소리다. 적어도 중군도독보다는 금의위 도독의 자리가 더 높게 쳐지는 것이 사실이니까 말이다.

"허생이가 그렇게 하려는지 모르겠지만 동의한다면 되긴 하겠네."

허생. 현 금의위 도독이다.

"저희도 그렇게 생각하고 있습니다."

감온의 말에 고개를 끄덕인 벽사흔이 물었다.

"그럼 넌 허생이 만나러 가냐?"

"예, 장군."

"알았다. 가 봐라."

"감사합니다."

뭐가 감사한진 모르겠지만 감온은 그 인사를 남겨 놓고는 도망치듯 나가 버렸다.

그렇게 되자 남은 사람은 벽사흔과 묵린뿐이었다. 잠시 그렇게 남은 묵린을 바라보던 벽사흔이 물었다.

"자객교에 대해 아는 대로 말해 봐."

"자, 장군!"

자객교를 거론하는 벽사흔의 말에 묵린은 필요 이상으로 크게 놀란 표정이었다. 그런 묵린에게 벽사흔의 물음이 이어졌다.

"자객교 토벌에 황명이 언급되었다는데, 황상이 관심을 가진 이유가 뭐야?"

"자, 장군······."

"장군만 부르지 말고 답을 해."

"모, 못합니다."

생각 외로 강하게 뻗대는 묵린을 지그시 바라보던 벽사흔이 자리에서 일어섰다.

"네가 말하지 않는다면 황상에게 물어볼 수밖에."
"자, 장군!"
 이전보다 더 당황하고 놀란 표정이다. 그런 묵린에게 벽사흔이 물었다.
"그러니 네가 말해 봐."
 한참 갈등 어린 표정이던 묵린은 이내 포기의 음성을 토했다.
"하아~ 아셔서 좋을 것이 없는 일입니다."
"그건 네가 아니라 내가 판단해."
"그렇게까지 말씀하신다면……. 육 년 전, 강호의 자객 집단인 자객교가 한 사람을 죽였습니다. 이름은 감첨선. 소산 감씨 가문의 백면서생이었습니다."
 얼마 전 여산의 야망 거점에서 들었던 정보를 그대로 다시 나열하는 묵린에게 벽사흔이 물었다.
"그가 소산 감씨 가문에서 중요한 사람이었나?"
"아닙니다. 소산 감씨 가문에선 그런 이가 있다는 사실을 아는 이들조차 드물었습니다."
"하면 그의 이름이 왜 거론되는 거지?"
"소산 감씨 가문에선 중요하지 않았지만, 황실에선 꽤 중요한 사람이었으니까요."
"황… 실에서?"
"예. 감첨선, 아니 본명 주첨선은 돌아가신 선황의 숨겨진

아들이니까요."

"숨겨진… 아들?"

"예, 장군."

선황인 홍희제의 곁을 떠난 적이 없다는 소린 하지 못한다.

하지만 어디서 그가 자식을 보았다는 말을 듣지 못할 정도의 위치에 있진 않았다.

특히 개인적으로도 숨기는 것이 별로 없었던 홍희제는 더욱이.

"말도 안 되는!"

"황상도 처음엔 그리 말씀하셨지요. 하지만 그 어미의 이름을 듣는 순간 부정할 수 없으셨습니다."

"어미가 누구이간데?"

"정비(鄭妃)입니다."

묵린의 답에 벽사흔의 입은 다물어지지 않았다. 그런 벽사흔에게 묵린이 조심스럽게 말했다.

"정비 마마와 선황 간의 일은… 아시지요?"

안다. 홍희제가 황제에 오른 뒤에 자신에게 고백했었으니까.

하지만 황제에 오르기 전에 알았다면 목을 치고, 그 동생인 한왕을 옹립했을 것이다.

"한데 아이는 어떻게?"

"선황의 명으로 감 도독이 보살피고 있었습니다."

그러고 보니 들은 기억이 있다. 감 도독이 정비를 숨겨 주고 있다고…….

빌어먹을 인사. 아버지의 여인을 빼돌리는 것도 모자라 그 여인에게서 아이까지 생산했다니 기가 찰 노릇이었다.

"아는 이는?"

"저와 감 도독, 그리고 양 공공뿐입니다."

벽사흔은 몰랐지만 셋 다 과거 정비를 영락제의 순장자들 속에서 빼낼 때 움직인 이들이다.

선황인 홍희제의 숨겨진 아들을 논하는 것에 영락제의 순장자가 거론된 이유는 문제의 중심에 선 정비의 신분 때문이다.

그녀는 조선의 공녀로 영락제의 후궁이었다. 그러니까… 홍희제는 아버지의 연인과 사랑에 빠졌던 것이다.

"후… 그럼 자객교를 친 것이……?"

"예, 사주한 자를 알아내기 위해서였습니다."

치부다. 공개되어선 절대로 안 되는 황실의 치부.

그런 치부를 알고 당사자인 감첨선, 아니 주첨선의 살해를 사주한 이가 있다는 것을 막 보위에 오른 선덕제는 용납할 수 없었던 것이다.

"성과는?"

"소장이 미흡하여……."

업보를 슬퍼하다 • 185

"하면 개방을 움직여 생존자를 찾았던 것도?"

"예, 사주한 자의 신원을 알고 있는 자가 있을 수도 있다는 희망을 버릴 수 없었습니다."

"그 부분은 내가 알아보지. 하니 그들에 대한 관심은 접어라."

벽사흔의 말에 묵린이 물었다.

"왜… 그러십니까?"

"그럴 만한 일이 있다."

"하나, 장군……."

"다시 말하지만 그들이 알고 있는 것이 있다면 기필코 알아낸다. 그러니 생존자들의 존재에 대해선 아예 잊어라."

"장군, 그건……."

"말이 길다."

벽사흔의 차가운 음성에 묵린은 화들짝 놀라 고개를 조아렸다.

"아, 알겠습니다."

한발 물러나는 묵린에게 벽사흔이 말을 건넸다.

"약속한다."

"그리 알고 있겠습니다."

"고맙다."

"아닙니다, 장군."

어설프게 웃는 묵린을 뒤로한 벽사흔은 그길로 북경을 떠났다. 복잡한 머리 때문인지 근처에 있는 황궁 쪽으론 고개도 돌리지 않은 채였다.

† † †

 벽사흔이 다시 당하로 돌아왔을 땐 개방의 도움을 받은 예린과 담상이 별의 마을 사람들을 옮길 수레와 마차를 준비한답시고 분주히 움직이고 있었다.
 "관부의 압력은 거둬질 거다."
 벽사흔의 말에 방주는 의아한 표정으로 물었다.
 "어찌 벌써……. 혹, 하남 순무가 그 일에 관련이 있는 것입니까?"
 설마 반나절 만에 벽사흔이 북경까지 갔다 왔으리라곤 짐작조차 못한 까닭이다.
 "아니다."
 "하면 어찌……?"
 "관심… 꺼라."
 "예? 아! 예."
 벽사흔의 사나운 눈초리에 황급히 고개를 숙여 보인 방주가 물러나자 담상이 다가왔다.
 "짐을 실어 나를 수레는 모두 준비가 되었으나 사람들을 태울 마차가 좀처럼 구해지지 않습니다, 가주님."

대부분이 노인이거나 여인, 아이들로 이루어진 탓이다. 그런 이들을 수레에 태우고 그 먼 거리를 이동할 수는 없었다.

그 탓에 마차를 수배하는 중이었으나, 그들을 모두 태울 정도로 많은 수의 마차를 구하기가 쉽지 않은 것이다.

"급한 대로 수레를 더 구하고, 그렇게 구한 수레에 두터운 보료를 깔고 지붕을 씌워라."

"마차 대용인 겁니까?"

"그래."

"알겠습니다, 가주님."

담상이 명을 이행하기 위해 급히 나가자 예린이 다가왔다.

"그나저나 어쩔 생각이세요?"

"뭘?"

"생존자만 끌어안고 있을 땐 숨겨질지 몰라도, 그 가족들까지 품어야 할 땐 말이 새어 나갈 수 있어요."

"나갈 수 있는 게 아니라 나갈 수밖에 없겠지. 입이 하나둘이 아니니까."

벽사흔의 말에 예린이 걱정스레 물었다.

"맞아요. 그래서 걱정이지요. 어쩔 생각이에요?"

"일단 벽가로 들여보내 놓고, 그리고 발표할 생각이다."

"그게 가능하다면 좋겠지만… 한두 사람도 아니고 그 많은 인원이 움직이면 관심을 받을 거예요. 더구나 가주님과 함께 움직인다면 두말할 나위가 없겠죠."

안다. 하지만 그렇다고 자신이 자리를 비울 수는 없었다. 정보가 샌다면… 복수를 꿈꾸는 이들이 몰려들 것이 분명하기 때문이다.

그들에겐 벽가로 들어가기 전까지가 유일한 복수의 기회일 테니까.

벽사흔은 그걸 막아야 했다.

입을 열어 답을 한 건 아니지만, 표정만으로도 벽사흔이 떨어지지 않을 것을 알아차린 예린이 고개를 저으며 말했다.

"그렇다면 차라리 처음부터 발표해요. 자객교의 생존자들과 그 가족들을 진마벽가로 옮긴다고. 복수를 원하는 자는 벽가로 들어가기 전에 오라고 말이에요."

"미쳤어? 가뜩이나 위험한데 아예 멍석을 깔아 주란 말이야?"

"맞아요. 멍석을 깔아 주는 거예요. 물론 그 멍석을 깐 사람의 이름도 알려지겠죠. 머리가 있는 이들은 주저할 거예요. 더 똑똑한 사람은 달려들어 봐야 손해만 본다는 것을 알아차리겠지요."

"그건 무슨 소리지?"

벽사흔의 물음에 예린이 답했다.

"공공연히 가주님의 이름으로 밝힌 일이에요. 성공한다면 복수를 단념한 이들은 속이 쓰리겠지만 그뿐이죠. 하지만 복수를 하겠다고 나서면요? 그건 가주님과 공식적으로 척을 지겠다고 선전포고를 한 것과 같아요. 제 생각이지만 삼황이라 불리는 이와 척을 지고 싶어 하는 강호인들은 그다지 없을 것 같은데요."

"밝히고 가나, 안 밝히고 가나 그건 똑같은 것 아닌가?"

"아니요, 달라요. 그것도 많이."

"왜?"

"공공연히 드러내 놓고 가면 모든 눈이 쏠려요. 개방을 시작으로 천하의 모든 정보통들은 모두 우리를 주시할 테니까요."

"그야 당연하겠지."

"그 당연함이 우리를 지켜 주는 담장이 되어 줄 거예요."

"아직 이해가 안 간다면 내가 멍청한 건가?"

벽사흔의 말에 예린이 예쁘게 웃었다.

"그건 아니고요. 생각해 봐요. 우리가 움직이는 길목, 여로, 모두가 주목받을 거예요. 당연히 우리의 움직임은 백일하에 드러나겠지요. 하지만 마찬가지로 숨어서 우리에게 다가오려는 이들의 움직임도 모두 드러날 수밖에 없어요. 그 말은……."

"비밀리에 습격할 수 없다는 소리로군."

"맞아요. 비밀이란 단어는 용기를 주지만, 자신을 모조리 드러내야 한다면 당당하던 이들도 다시 생각해 보게 되는 법이죠."

 일리가 있는 말이다. 그렇기에 벽사흔은 예린의 의견을 수용했다.

 그 말을 들은 개방 사람들은 벽사흔처럼 처음엔 펄쩍 뛰었다.

 하지만 곧바로 이어진 예린의 설명에 그들은 수긍했다.

 그뿐만 아니라 개방은 중원 전역에 걸친 분타를 이용해서 소문을 내주기로 했다.

 그에 따라 소문이 중원 전역에 급속도로 퍼져 나갔다.

 삼황과 진마벽가의 무사들이 자객교의 생존자와 그 가족들을 데리고 진마벽가로 간다.
 복수를 원하는 자는 진마벽가에 도착하기 전까지 복수의 검을 들어라.
 진마벽가 안으로 들어간 이후에 복수의 검을 드는 자들은 추호도 용서치 않을 것이다.

 소문을 접한 사람들 중 가장 놀란 이들은 우습게도 당사자인 진마벽가였다.

 벽갈평의 성화에 곧바로 벽가의 고수들이 하남을 향해 출발했다. 중간부터라도 호송에 참여하기 위해서였다.

 그리고 머뭇거리던 이들 중 일부가 복수의 검을 들고 움직

업보를 슬퍼하다 • 191

이기 시작했다.

† † †

개방은 소문을 내 주는 것만으로 그치지 않았다.
가용 가능한 모든 것을 이용해 주변으로 다가오는 이들에 대한 정보를 신속하게 벽사흔에게 넘겨주고 있었다.
그렇게 넘어온 정보들 중에 신경이 쓰이는 이들의 정보가 섞였다.
"여의검문?"
"예. 소주에 자리한 문파로 상당한 검술을 보유한 곳입니다."
대별산을 출발한 이후 함께 움직이고 있던 후개의 설명에 벽사흔이 물었다.
"수가 많은가?"
"수는 열셋뿐입니다만, 구성이 문제입니다."
"구성이 왜? 고수들이라서?"
"그게 아니라… 열네 살짜리 아이에다 여든두 살의 노파가 포함되어 있다는 겁니다."
"그게… 무슨 소리지?"
날고 기는 고수들만 몰려와도 눈 하나 깜짝 안 할 판에, 아직 이마에 피도 안 마른 어린 녀석과 죽을 날만 기다리는 늙은이를 데려온다니 이해를 할 수 없었던 것이다.

그런 벽사흔에게 후개가 물었다.

"아무 죄 없이 죽은 아비의 복수를 하겠다는 열네 살짜리 아이의 목을 베시겠습니까? 아니면 늦은 나이에 얻은 칠대 독자의 피값을 받겠다고 비틀거리며 온 노모를 치시겠습니까?"

그제야 말뜻을 알아들은 벽사흔의 표정이 굳어졌다.

"골치 아프군."

"예, 심각합니다."

그렇다고 중간에 막아설 수도 없다.

그들을 지키며 따라오는 이들이 여의검문의 최강 고수 열한 명이기 때문이다.

벽가에서 그들을 막자면 팽렬과 벽라를 위시한 전주급 고수 전원을 투입해야 가능했다.

문제는 그렇게 투입한 이들의 절반은 돌아올 수 없을 것이란 점이었다.

돌려 말하면 벽사흔이 나서지 않는 이상 막을 수 없다는 소리고, 그렇게 막기엔 참으로 난망한 구성이란 소리였다.

후개로부터 말을 들은 벽사흔은 한참 동안 고심했다. 그리고 불현듯 호송대를 떠났다.

말이 호송대지, 송찬과 여섯 취수전 무사들에 담상뿐이다.

물론 예린이 힘을 보탤 수 있다지만, 따지고 보면 그녀를 포함해 모두가 살수 무공을 익힌 이들뿐이다.

 후개를 비롯한 개방 사람들이 주변에서 함께 움직인다지만 그들은 도울 수 없다.

 그러게 되니 호송대는 제대로 된 고수의 정면 공격에는 취약할 수밖에 없었다.

 그런 상황에서 벽사흔이 아무런 언질 없이 자리를 뜨니, 나머지 사람들의 긴장감이 올라갈 수밖에 없었다.

 별다른 말 없이 호송대를 떠난 벽사흔은 후개가 알려 주었던 곳으로 직행했다.

 그런 그가 두 시진 만에 모습을 드러낸 곳은 호광의 북쪽에 위치한 영산이었다.

 그곳 객잔에 후개가 말한 대로 여의검문의 사람들이 머물고 있었다.

 천천히 객잔으로 들어서는 벽사흔에게 사람들의 시선이 몰렸다.

 가뜩이나 강호인들이 가득한 객잔에 또 칼을 찬 사람이 들어섰으니 긴장도가 올라간 탓이다.

 그렇게 사람들의 시선을 받으며 빈자리에 앉은 벽사흔은 다가온 점소이에게 은자를 하나 쥐여 주며 무언가를 부탁했다.

 잠시 머뭇거렸지만 점소이는 손에 쥐어진 은자를 포기할

수 없었던지 미리 들어와 있던 무림인들에게 접근했다.
"저기… 여의검문에서 오신 분들인가요?"
점소이의 물음이 끝나기 무섭게 십여 명가량 모여 있던 이들에게서 날카로운 살기가 쏟아져 나왔다.
"히끅!"
잘 벼려진 살기에 정통으로 쏘였으니 점소이가 놀라는 것은 당연한 일이었다.
겁먹은 표정으로 딸꾹질을 해 대는 점소이에게 한 사람이 물었다.
"어찌 묻느냐?"
"저, 저기, 히끅! 계신 손님, 히끅! 께서 잠시 시간을, 히끅! 내어달라, 히끅! 하십니다. 히끅!"
연신 딸꾹질을 해 대는 점소이의 답에 사내의 시선이 점소이가 가리킨 탁자로 향했다.
"흠……."
기세는 보이지 않았다. 아니, 아예 짐작조차 되지 않았다.
이런 경우는 두 가지뿐이다.
아예 기감을 방출하지 못할 정도로 허접한 삼류이거나, 자신 정도는 감히 범접하지도 못할 만큼 높은 경지의 고수이거나.
뭐가 되었든 멀리선 알 수 없었다. 결국 자리에서 일어서는 사내를 다른 이가 잡았다.

"문주님."

"괜찮다. 너와 여의검대(如意劍隊)가 코앞에서 지켜보고 있는데 무슨 일이 있겠느냐."

여의검문주인 유룡검(流龍劍)은 여의검대주를 달래곤 천천히 벽사흔에게 다가섰다.

"누구시기에 날 청한 게요?"

상대의 정확한 신분을 모르는 터라 유룡검은 존대도, 그렇다고 하대도 하지 않았다. 그런 그에게 벽사흔이 빈 의자를 턱짓으로 가리켰다.

"앉아."

말투만으로도 유룡검은 상대가 자신은 감히 범접하지 못할 고수 쪽임을 감지할 수 있었다.

잠시 갈등하던 유룡검이 천천히 자리에 앉고선 다시 물었다.

"누구… 시오?"

"어차피 만나야 할 사람."

"만나야 할 사람……? 설마 사, 삼황!"

이쪽에 모든 관심을 집중해 놓고 있었던지, 유룡검의 입에서 삼황이란 이름이 튀어나오자마자 저만치 앉아 있던 여의검대가 일제히 검을 뽑아 들며 일어섰다.

그런 이들을 바라보며 벽사흔은 심드렁하게 말했다.

"앉아. 죽이고 싶지 않으니."

분노해야 할 말이었지만 이상하게 그 말을 듣는 순간 여의검대원들은 끝없는 절애의 끄트머리에 선 듯한 섬뜩함을 느껴야 했다.

 그리고 검은 두려움이 몰려들었다.

 "흐음……."

 침음을 흘린 여의검대원들이 그 두려움에 맞섰다.

 하지만 그들의 능력으론 조금 부족했던 모양인지 몇몇 대원은 다리가 풀려 주저앉기도 했다.

 그런 이들에게서 시선을 돌린 벽사흔이 유룡검에게 물었다.

 "내가 왜 왔는지 알지?"

 "우리가 왜 가는지도 알 거라 생각합니다, 대협."

 "알아, 충분히."

 "그럼 막으셔선 안 되는 것이 아닙니까?"

 단호한 유룡검의 음성에 벽사흔이 말했다.

 "살검을 놓은 이들이다."

 "그 전에 이미 무고한 이들을 죽인 자들입니다."

 "가족이 있는 이들이다."

 "그들로 인해 가족을 잃은 이들이 있습니다."

 단 한마디도 지지 않는 유룡검의 말에 벽사흔이 물었다.

 "하면 복수란 이름으로 또 다른 이의 가족을 앗아 갈 생각인가?"

업보를 슬퍼하다 • 197

벽사흔의 말에 유룡검은 자신들의 자리에 앉아 있는 소년을 가리켰다.

"여섯 살에 아비를 빼앗긴 아이입니다. 저 아이에게 말씀해 보십시오."

"여섯 살 난 아이를 둔 아비도 있다. 그 아이의 복수는 그럼 너희에게 향해야 하는 건가?"

"정당한 복수입니다."

"그 어떤 살인에도 정당함 따윈 없다!"

벽사흔의 사나운 음성에 잠시 움찔한 유룡검이었지만 여전히 물러설 생각은 없어 보였다.

"살인이 아닙니다."

"하면 뭐라 부를 텐가?"

"징치입니다."

"징치… 여섯 살 난 아이에게서 아비를 빼앗아 가는 것이 징치인가?"

"그, 그건… 궤변입니다."

"궤변이라 불릴 말장난 따위가 아니라 곧 벌어질 현실이다."

"하, 하지만… 그건 그의 업보입니다. 그가 무고한 이의 목숨을 거두지 않았다면 이런 일은 일어나지도 않았습니다."

"네 말이 맞다. 하지만 뉘우치고 있다. 결코 과거로 돌아가지 않을 것이다. 용서할 수는 없는 건가?"

"왜, 왜? 우리가 용서를 해야 합니까?"

"누군가는 용서를 해야 하기 때문이다. 그걸… 너희가 해다오."

"못합니다."

강력하게 반발하는 유룡검을 바라보는 벽사흔에게 소년이 다가왔다.

"정말 여섯 살 난 아이가 있나요?"

묻는 소년의 눈을 벽사흔은 제대로 바라보지 못했다.

"그래."

"좋은 아빠가 될 사람인가요?"

"그럴 것이다."

벽사흔의 답에 소년은 한참 동안 말이 없었다. 그렇게 이어지던 침묵은 소년의 음성으로 깨어졌다.

"아이를 절대로 혼자 두지 말라고 전해 주세요."

소년의 말에 벽사흔의 눈이 빛났다.

"아, 알았다."

"집으로 돌아가요, 백부님."

소년의 말에 유룡검이 당황한 표정을 감추지 못했다.

"지, 진아!"

"용서… 아직은 안 되지만 다른 아이에게서 아버지를 빼앗고 싶진 않아요. 그런 건… 아버지도 바라지 않을 거예요."

"하, 하지만……."

미련을 버리지 못하는 유룡검의 결정을 도운 것은 조용히 바라만 보던 노파였다.

"진이의 말이 맞는 것 같구려, 문주 양반. 죽은 놈 복수한답시고 다른 아이의 아비를 빼앗을 수는 없는 게 아니겠소. 그리고 그쪽에도 어미는 있을 테니."

노파의 말에 벽사흔이 고개를 저었다.

"어미가 있는 이는 없소. 다 버림받거나 고아 출신들이니."

벽사흔의 말에 노파는 낮게 혀를 찼다.

"쯔쯔! 다 어미들의 업보인 것을……. 돌아갑시다, 문주 양반."

결국 유룡검과 여의검문의 사람들은 발길을 돌렸다. 그들이 보이지 않을 때까지 벽사흔은 움직이지 못했다.

제74장
흐름이 뒤틀리다

 여의검문이 돌아선 이후, 찾아오는 이들은 아무도 없었다.
 삼황이 겁을 주어 여의검문을 되돌렸다는 소문이 돈 까닭이다.
 억울했지만 벽사흔은 그에 대해 아무 말도 하지 않았다.
 작은 복수였던지 여의검문조차 그 소문에 일언반구도 하지 않았다.
 그 탓에 오해는 깊어졌지만 덕분에 진마벽가로 돌아가는 길은 생각보다 편안했다.
 막연하던 삼황의 이름이 실제로 작용한다는 것을 여의검문의 소문으로 느낀 이들이 복수를 포기한 까닭이었다.
 그들에게 삼황과 척을 지는 일은 복수를 하지 못하는 일보다 심각했던 것이다.

더구나 중간에 부랴부랴 올라오던 진마벽가의 고수들이 합류하면서 호송대의 안전은 더 강화되었다.

결국 걱정하던 일 없이 여정은 끝이 났다. 예린의 예상이 정확히 들어맞은 셈이었다.

그렇게 자객교 별원의 사람들이 진마벽가에 무사히 도착했다.

그들이 합류한 진마벽가는 별다른 동요를 보이지 않았다.

애초에 합류해 있던 송찬이나 취수전 무사들의 가족이 포함된 까닭이 컸다.

상황이 그렇게 되자 진마벽가는 얼마 지나지 않아 일상으로 돌아갔다.

무사들은 연무에 집중했고, 가상 살행도 재개되었다.

다만 한 가지, 담상이 예린을 바라보는 눈빛이 심상치 않게 변했다.

벽사흔의 명으로 담상이 입을 다물고 있는 덕에, 예린은 과거처럼 세가 사내들의 관심을 한 몸에 받는 어여쁜 소저의 역할로 돌아갔다.

그렇게 안정을 찾아가던 벽가로 푸른 배첩 하나가 날아들었다.

"초청장?"

"예, 가주님."

"누가 보낸 건데?"

"남 대륙 상회의 유총 회주와 단리세가의 가주가 연명으로 보낸 것입니다."

벽갈평의 답에 벽사흔이 고개를 갸웃거렸다.

"그 두 인간이 함께 초청장을 보낼 일이 있나?"

"신도시 건설이 끝났답니다."

"아!"

그제야 그럴 만한 일이 생각났다.

자신의 투자를 받아 유총이 큰 포부를 안고 시작한 신도시 개발 사업.

그 첫 사업지가 바로 벽사흔의 도움으로 단리세가가 자리 잡은 합산이었다.

"어떻게, 가 보실 생각이십니까?"

"그럼. 투자 상황도 볼 겸 가 봐야지. 대장로도 갈 거지?"

벽사흔의 물음에 벽갈평은 고개를 저었다.

"제가 본다고 아나요. 대신 이환을 보낼 생각입니다."

하긴 여행을 감당하기엔 벽갈평의 체력이 많이 떨어져 있었다.

"그럼 그렇게 하지."

벽사흔의 결정이 내려진 다음 날, 팽렬의 수행을 받고 이환을 뒤에 단 벽사흔이 합산으로 출발했다.

송찬은 뒤늦게 만난 가족 곁에서 떨어지지 않으려고 해서

떼어 놓고 갈 수밖에 없었다.

† † †

온통 난 그림으로 뒤덮인 실내에 신국공이 부복해 있었다.
"두 번째 단추가 어긋났다고 들었네만."
"갑자기 전 훈련대장과 좌군도독이 손을 떼는 바람에……."
"그 일에 손을 대고 있는 이가 또 있다고 들었는데, 아닌가?"
"양 공공이 있긴 합니다만, 그의 역할은 외부에 영향력을 행사하는 것이 아니었기에 당장 소용이 없습니다."
"내부를 움직이는 것이 외부를 깨우는 것보다 빠를 때도 있는 법일세."
"황상을 자극하다 자칫 역효과라도 나게 되면……."
"하니 역효과가 나지 않을 이를 잡아야겠지."
은근하게 변한 음성에 신국공이 고개를 조아렸다.
"가르침을……."
"태후를 흔들게."
"태후는 오히려 그 일을 덮으려 들 것입니다."
"물론 그렇겠지."
"하온데 어찌 태후에게 알리라 하시는 것이온지?"
신국공의 물음에 음성은 차분하게 설명을 이었다.

"태후의 성격은 불과 같지. 선황에게 자신 외의 여인이 있었다는 걸 참지 못할 걸세. 그걸 다른 사람이 아는 것을 병적으로 싫어할 테고. 당연히 덮으려 들겠지. 하지만 적당히는 아닐 걸세."

"그게 무슨 말씀이신지?"

"태후는 그 일을 알고 있는 사람은 모두 입을 열 수 없길 바랄 걸세. 그것이 가능한 일은 죽음뿐이 없는 법이지."

"소인이 무지하여 아직 뜻을 잘 모르겠습니다, 은공."

자신을 낮춰 정확한 의중을 묻는 신국공에게 음성이 말을 이었다.

"감첨선, 아니 주첨선을 살해하도록 사주한 이, 그 일을 알고 있는 그자까지 완벽하게 입을 다물길 원할 거란 말일세."

"하, 하오면……?"

"좌군도독과 양 공공은 태후의 손에서 벗어날 수 없는 사람들. 태후가 결심하면 그들은 계속 움직일 걸세."

비로소 말뜻을 이해한 신국공이 고개를 조아렸다.

"그리 처리하겠습니다, 은공."

"요새 복잡한 일들이 많다고?"

낮게 깔린 음성에 신국공이 황급히 고개를 숙였다.

"송구합니다, 은공."

"우리가 추구하는 일 외의 것들은 너무 많이 벌이지 말았으면 하네."

"조, 조심하겠습니다, 은공."

"뭐, 일을 도모하다 보면 틀어질 수도 있는 것이니 크게 나무랄 생각은 없네만… 침소봉대(針小棒大)라 오랜 시간 동안 방치해 두면 사소한 것도 큰 문제가 될 수 있는 법일세."

"명심… 하겠습니다, 은공."

"하여 이번엔 내가 자네를 돕지. 지금 당장 해결해야 할 일들 중 가장 급한 것이 무엇인가?"

급한 일. 솔직히 급한 일은 없다. 다만 체면을 구긴 일들이 늘어져 있을 뿐.

그중에서 제일 신경이 쓰이는 것은 누가 뭐라 해도 북 대륙 상회의 일이다.

기껏 일을 시켜 놓았더니 모두 망치고, 그 와중에 자신의 이름만 떠들어 댄 망종을 정리해야 했던 것이다.

"북 대륙 상회의 일이 있사온데……."

"내용까지 알고 싶은 생각은 없네. 단지 어찌 처결하고 싶은지만 이야기하게."

"조용히 세상에서 지웠으면 합니다, 은공."

신국공의 말에 음성이 답했다.

"그리 만들어 주지. 하면 난 이만 돌아가네."

"살펴 가십시오, 은공."

잔뜩 고개를 조아리고 있은 지 한참… 아무런 소리가 들리지 않고서야 고개를 든 신국공의 눈에는 텅 비어 있는 상석이 보일 뿐이었다.

  그가 비어 있는 상석에 앉기 무섭게 호부상서 방민이 찾아왔다.
"무슨 일인가?"
"대도독이 약속을 지키라고 성화입니다."
"약속은 무슨… 제 역할도 못한 주제에."
"그것에 대해선 저도 이야기를 했습니다만, 대도독은 처음 몇 번은 자신의 실수가 맞지만 마지막 일은 우리 측 실수로 잘못된 것이라고 주장하는 탓에……."
  틀린 말은 아니다. 여하간 대도독은 위험 부담을 안고 광서성 도지휘사사 휘하의 병력을 동원했었으니까 말이다.
  북 대륙 상회의 빌어먹을 회주 놈이 실수만 하지 않았다면 그때 진마벽가의 가주 놈 목은 확실히 땄을 것인데…….
  생각만 해도 열불이 났다.
"한데 대도독은 갑자기 왜 그리 난리인가?"
"최근 척과 오군도독부 회의가 후군도독부의 개혁을 주청하고 나섰습니다. 아마도 대도독은 이번 기회를 이용해 후군도독부를 대도독부 휘하로 넣고 싶은 모양입니다."
"후군 도독부의 개혁?"
"예."
"설마 놈들이!"

"예. 짐작하시는 대로 놈들이 우리가 후군도독부를 장악해 가고 있는 걸 눈치챈 모양입니다."

"이런!"

당황하는 신국공에게 방민이 물었다.

"어찌… 처리할까요?"

"척과 오군도독부는 어떤 걸 원하나?"

"처음엔 금의위 도독과 후군도독을 순환 보직으로 바꾸고, 휘하 도지휘사들도 모두 순환 보직으로 내보내 교체할 생각이었던 모양입니다만, 금의위 도독이 거부한 탓에 아예 후군도독부를 혁파하는 쪽으로 가닥을 잡은 듯합니다."

"혁파?"

"예. 북경과 북직례를 방어하는 대령과 만전 도지휘사사는 구문제독부에 통합시키고, 산서 도지휘사사는 좌군도독부로 이첩하며, 후군도독부를 아예 폐지하는 안이 주청된 것으로 알고 있습니다."

한마디로 후군도독부를 갈기갈기 찢고, 종래엔 아예 후군도독부 자체를 폐지하겠단 소리였다.

그간 필이 후군도독부에 들인 정성과 시간을 생각하면 절대로 용납할 수 없는 일이었다.

"말도 안 되는 소리!"

"하오면 어찌해야 할지?"

"안건이 상정되면 육부는 모두 반대해야 할 것이다."

"하나, 군부가 대부분 찬성 쪽이기에……."

군부의 일이다. 문관들이 제아무리 반대를 거세게 해도 무관들의 대부분이 찬성하면 그것은 통과될 가능성이 높았다.

군부에 관한 일인 탓에 황제가 무관들의 말을 더 귀담아듣기 때문이다.

"하면 저지할 수 없을 것이란 말이더냐?"

"송구하오나 그럴 가능성이 높사옵니다."

방민의 답에 잠시 갈등하던 신국공이 방법을 바꿨다.

"하면 이참에 대도독부를 밀어주거라."

"그 말씀은……?"

"애초에 척과 오군도독부 회의 측이 순환 보직을 말했었다면 그대로 일을 만들란 소리다. 금의위 도독 대신 대도독의 자리로 대체하면 간단할 일이다."

"하면 대도독으로 하여금 후군도독으로 내려가라고……."

"그래."

"좌천이나 마찬가지인데 대도독이 동의하겠습니까?"

"직급만 따진다면 그렇겠지만, 실질적인 직책을 본다면 대도독의 자리에 연연하지 않을 게다."

"도독의 자리는 그리한다고 하지만 도지휘사들은 어찌……?"

"대도독부의 노장들이 마지막을 불태울 자리를 주어야겠지."

"그 말씀은?"

"도지휘사들로 내려보내고, 반대로 도지휘사들을 대도독부로 올려 보낸다."

"반발이 있진 않을지 모르겠습니다."

"대도독부는 그렇게 원하던 실질 지휘권을 확보하는 일이니 반길 것이다. 후군도독과 휘하 도지휘사들도 직급이 올라가는 것이니 딱히 거부하지 않을 게다. 거기다 향후 몇 년 이내에 다시 후군도독부로 돌아갈 수 있게 손을 쓰겠다는 약속 정도라면 아무 말 없을 게다."

신국공의 말에 방민은 고개를 조아렸다. 그가 생각하기에도 가장 좋은 방법 같았던 것이다.

그런 방민에게 신국공의 당부가 들려왔다.

"우리가 나서는 낌새를 척이나 오군도독부 회의가 알아선 아니 된다."

"하오면 어찌 일을 꾸미올지……?"

"대도독부를 앞세우거라. 자신들의 염원이 이루어지는 일이니 최선을 다할 것이다."

뿐만 아니다. 군부의 가장 고참들인 대도독부가 나서면 혁파 쪽으로 선회했던 척과 오군도독부 회의에서도 대도독부의 의견을 지원할 가능성이 높았다.

자신들이 처음에 주장했던 순환 보직인 데다, 대도독부의 인물들을 척의 일원으로 생각하고 있을 것이기 때문이다.

"명대로 따르옵니다."

 방민의 복명을 바라보는 신국공의 관심은 어느새 북 대륙 상회에 대한 징치에서 후군도독부의 일로 옮겨 가 있었다.

† † †

 대전은 다른 때와 달리 무관들로 가득했다.

 평소엔 얼굴도 보기 힘들었던 오군도독부의 도독들과 각 행성의 도지휘사들까지 모조리 참석한 까닭이었다.

 그렇게 무장들이 잔뜩 참여한 이유는 후군도독부에 대한 처리가 논의되고 있었기 때문이다.

 "하면 후군도독부에 순환 보직을 적용하자는 말이던가?"

 선덕제의 물음에 좌군도독이 고개를 조아렸다.

 "예. 그러하옵니다, 폐하."

 "오군도독부에 순환 보직을 적용한 전례는 아직 없다. 갑자기 그것을 주장하는 이유는 무엇인가?"

 "여타 도독부와 달리 후군도독부는 황도와 황성을 방어하는 충정군입니다. 충정군의 군벌화는 바람직하지 않다는 것이 소장들의 일치된 의견이었습니다."

 "하니 군벌이 되지 않도록 순환 보직으로 지휘관들을 교체하자?"

 "그러하옵니다, 폐하."

좌군도독의 답에 선덕제가 다른 무장들을 둘러보며 다시 물었다.

"경들의 뜻도 모두 그러한가?"

"그러하옵니다, 폐하."

우스운 건 그 안에 후군도독이 포함되어 있다는 것이었다. 그런 상황에서 선덕제가 반대할 이유가 없었다.

"하면 어디와 순환 보직으로 묶는단 말인가? 그만한 고위 장수들이 순환 보직으로 묶일 곳이 있던가?"

"대도독부가 나서 보려 합니다, 폐하."

대도독인 이우령의 말에 선덕제는 놀란 표정을 감추지 못했다.

"설마 대도독이 후군도독으로 내려가겠단 말이오?"

"예, 폐하."

"그게 좌천이 되는 것은 아시오?"

품계가 하나 떨어지니 틀림없는 좌천이다.

더구나 그렇게 되면 종1품 관리에게 허락된 삼고(三孤)의 명칭도 쓸 수 없게 된다.

"아옵니다."

"해도 상관없단 말이오?"

"다 조정과 명의 앞날을 위한 일이오니 소신은 상관없나이다."

"허허! 이거야 원······. 대도독이 그리 생각하고 무관들이 모두 그리 주청하니 가납하리다. 후군도독부와 예하 지휘사들은 대도독부와 순환 보직으로 정립할 것이다. 이에 어김이 없이 처리하라."

황명이 떨어지자 이내 대소 신료들이 일제히 허리를 굽혔다.

"명을 따르옵니다, 폐하."

그렇게 허리를 숙인 방민과 대도독의 입가로 비릿한 미소가 깃들어 있었다.

황궁에서 후군도독부의 일이 마무리된 날 밤, 일단의 그림자들이 무창의 밤을 가로지르고 있었다.

그 그림자들이 멈추어 선 곳은 북 대륙 상회란 현판이 걸린 거대 전각군 인근이었다.

"시작은 축시 초(丑時初:오전 1시)에 한다. 시간은 반 시진. 일이 끝났을 때 저 안에 살아남은 이들이 있어선 아니 될 것이다."

차가운 여인의 음성에 그림자들은 절도 있게 고개를 숙여 보였을 뿐이다.

댕~

멀리서 축시 초를 알리는 종소리가 들려왔다.

"시작하라."

여인의 명에 그림자들이 북 대륙 상회 안으로 날아들었다.

그 모습을 바라보는 여인의 얼굴이 잠깐 달빛에 드러났다가 다시 어둠에 묻혔다.

한데 잠깐 보였던 여인의 얼굴이 낯이 익었다. 한때 전 회주의 애첩이라 불리며 계림 지부를 맡았던 여 부인의 얼굴이었던 것이다.

놀란 달이 다시 그곳을 비추었을 땐 여인의 모습은 사라지고 보이지 않았다.

† † †

합산은 둘로 나뉘었다.

과거 합산이라 불리던 구(舊)도심과 모든 것이 새로 지어진 신(新)도심으로 말이다.

그중 신도심을 상징하는 거대한 유곽에 특히 사람들이 잔뜩 모여 있었다.

합산은 물론이고 인근 도시에서 몰려든 구경꾼들과 초청을 받아 방문한 이들을 분리하여 안내하느라 정신이 없던 유충에게 당황한 표정의 여루가 다가섰다. 그의 귀엣말에 유충의 표정이 빠르게 굳어 갔다.

"벽 가주님은 어디에 계시느냐?"

"단리세가에 계십니다."

"연직 외숙께선?"

"유곽의 운영 상태를 점검 중이십니다만……."

"즉시 이곳으로 모셔 오너라. 이곳을 맡기고 단리세가로 가 봐야겠다."

"예, 회주님."

복면한 여루가 빠르게 움직이는 것을 바라보는 유총의 표정이 복잡해 보였다.

잠시 후, 신도시의 일을 연직에게 맡긴 유총이 여루의 호위를 받으며 단리세가로 들어섰다.

그런 그를 바라보며 벽사흔이 고개를 갸웃거렸다.

"한참 바쁠 시간 아니야?"

"그렇긴 합니다만… 중요한 일이 생긴 탓에 급히 찾아뵙느라……."

"중요한 일?"

"예, 벽 가주님."

"무슨 일인데?"

벽사흔의 물음에 마른침을 삼킨 유총이 답했다.

"북 대륙 상회가 습격을 당했습니다."

"습격?"

"예."

"피해는?"

"살아남은 사람이 없답니다."

유총의 답에 벽사흔의 표정이 굳었다.

목표가 북 대륙 상회로 끝이 날 건지, 아니면 갈라진 남 대륙 상회까지 해결을 보려 들 건지 알 수 없었기 때문이다.

"우선 전서구를 날려. 상회의 사람들을 모두 진마벽가로 옮기라고."

벽사흔의 말에 유총이 조심스럽게 말했다.

"그게… 현재 계림의 총회엔 몇 명 남아 있지도 않습니다. 대부분은 행사를 위해 이곳 합산에 와 있습지요."

"그럼 놈들이 남 대륙 상회까지 해결하려 든다면 이곳으로 올 것이라 생각하는 건가?"

"만약… 온다면 그럴 것이라 생각합니다."

유총의 답에 벽사흔의 시선이 함께 있던 도군과 단리격에게 향했다.

그 시선에 단리격이 자리에서 일어섰다.

"급한 대로 세가의 무사들을 행사장으로 파견해 두겠습니다."

"그들로 될까?"

벽사흔의 물음에 단리격이 유총을 바라보았다.

"혹, 북 대륙 상회 본회에 있던 호위 무사들의 수를 아시오?"

"철위전(鐵衛殿)이란 호위부서에 대략 백여 명가량의 호위 무사들이 있었던 것으로 알고 있습니다."

"혹, 그들의 경지도 아시오?"

"전주의 경지가 초절정이었다고 알고 있습니다. 과거 방지평의 위세를 그대로 재현하려 했으나 실패했다는 소식과 함께 들었던 것이니 틀림없을 것입니다."

"그 외의 고수들은 모르시오?"

"자세한 것은 잘 모르지만, 절정이 다섯이었다는 소리는 들었습니다."

절정 다섯이면 어지간한 중소문파급의 전력이다. 하긴 무인들의 습격으로 전 회주가 변을 당했으니 호위에 만전을 기할 수밖에 없었을 것이다.

"화산에서도 사람이 나와 있다는 소리를 들었던 듯한데, 아는 것이 없소?"

단리격의 물음에 고개를 젓는 유총을 대신해 여루가 답했다.

"장로인 난화영(蘭花影) 대협이 다섯 명의 제자와 함께 머물고 있었던 것으로 알고 있습니다."

여루의 말에 도군이 아는 체를 했다.

"난화영이라면 난화산수의 고수다. 내 기억이 맞는다면 초극이다."

그 말은 초극의 고수조차 적을 막지 못하고 죽음을 당했단 뜻이다. 그것은 단리세가의 무사들만으로는 방비가 될 수 없음을 뜻했다.

"여긴 내가 맡지."

자리에서 일어서는 도군의 말에 벽사흔도 자리에서 일어섰다.

"그럼 계림은 내가 맡아 보지."

그런 두 사람에게 유총이 황급히 포권을 취해 보였다.

"감사합니다."

그러자 벽사흔이 어깨를 으쓱여 보였다.

"뭘, 이러자고 돈 받는 건데."

자신의 말에 어색하게 웃는 유총의 어깨를 두드리며 벽사흔이 말을 이었다.

"걱정하지 마. 죽는 놈 없게 지켜 줄 테니까."

"가, 감사합니다."

더듬거리는 유총을 둔 채 벽사흔은 단리세가를 나섰다. 계림으로 내려가 봐야 했던 까닭이었다.

제75장
꼬리를 잡다

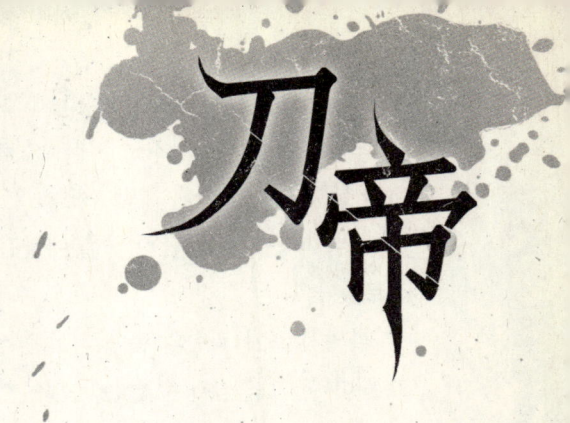

 북 대륙 상회에서 벌어진 일로 남 대륙 상회는 물론이고 진마벽가와 단리세가까지 분주해졌지만, 정작 가장 바빠진 곳은 화산이었다.

 그간 북 대륙 상회가 막대한 비용을 지불하고 화산의 보호를 받아 온 것은 세상이 다 아는 이야기였다.

 그럼에도 불구하고 북 대륙 상회는 정체불명의 무인들의 습격으로 몰살을 당했다.

 화산의 입장에선 체면이 서지 않는 일이다.

 그렇다고 화산이 손을 놓고 있었던 것도 아니다. 북 대륙 상회에 일단의 화산 고수들이 상주하고 있었기 때문이다.

 문제는 그들까지 이번 혈사에 휩쓸렸다는 것이다.

피보호인들을 보호하기는커녕 자신들마저 혈사에 휩쓸려 버린 상황이니, 화산의 체면은 땅에 떨어진 셈이었다.

더구나 파견되어 있던 이들을 이끌던 이의 신분이 화산의 장로였다.

자파의 장로가 괴한의 손에 피살된 셈이니 보호고 체면이고를 떠나, 그냥 넘길 수 없는 문제이기도 했다.

"말이 되는가? 장로가 괴한에게 피살되다니!"

장문인의 호통에 수뇌들의 고개가 숙여져 들릴 줄 몰랐다.

"그리 머리만 숙이고 있지 말고 대책을 내놔 보란 말이오!"

답답한 듯 호통을 치는 장문인의 말에 구 장로가 조심스럽게 말문을 열었다.

"원로 장로들의 의견을 먼저 청취하시는 것이 어떠하시겠습니까?"

원로 장로.

그렇다고 일선에서 은퇴한 이들이 모여 있는 원로원을 뜻하는 것은 아니다.

그저 현역엔 남아 있으나 장문보다 윗대의 장로들을 그리 통칭하는 것이다.

사실 장문이 들어서면 윗대의 장로들은 원로원으로 물러나는 것이 상례다. 그래야 장문인이 어려움 없이 문파를 이끌어 나갈 수 있기 때문이다.

하지만 모두가 그럴 수는 없다.

대체로 나이가 많을수록 경지가 높다 보니 장문인보다 윗대에 문파의 고수가 몰려 있는 경우가 많았다.

그런 이들을 일러 원로 장로라 부르는 것이다.

"원로 장로들의 의견을?"

"예. 지금 상황에서 우리 화산이 보일 수 있는 행동들의 대부분이 실제 원로 장로들에게 달려 있는 이상, 직접 그분들의 의견을 들어 보시는 것이 좋을 듯합니다."

틀린 소리가 아니라 생각되었던지 장문인은 곧바로 제자를 보내 원로 장로들을 의사청으로 모셨다.

"이리로 오시라 하여 송구합니다."

의사청에 모인 원로 장로들에게 장문인이 고개를 숙였다.

사사로이는 사백과 사숙들이니 고개를 숙인다고 흉이 될 것도 없었다.

"그래, 어인 일로 부르신 겝니까?"

가장 먼저 입을 뗀 사람은 삼 장로인 절광 도장이었다.

자리에 참석치 않은 대장로와 벌써 삼 년째 폐관 중인 이 장로를 제외하면 원로 장로들 중에선 가장 배분이 높은 사람이었다.

"다름이 아니라 북 대륙 상회의 일 때문에 고견을 듣고자 모셨습니다."

"그 일에 저희 원로 장로들의 의견까지 필요한 것입니까?"

"송구합니다."

장문인의 사과에 절광 도장이 고개를 저었다.

"저희를 불러낸 것을 책망하려는 말이 아닙니다."

"하오시면……?"

"문파의 장로가 괴한의 습격으로 피살된 일입니다. 더구나 우리의 보호를 받던 상가가 몰살을 당했구요. 기다릴 이유도, 머뭇거릴 이유도 없는 것이지요."

"그 말씀은……?"

"장문께서 명하시면 언제 어디로라도 나가 화산의 무서움을 뼛속 깊이 알려 줄 준비가 되어 있다는 것을 말씀드리는 것입니다."

절광 도장의 말에 장문인의 표정이 밝아졌다.

북 대륙 상회에서 피살된 장로 이상의 고수를 내보내야 했는데, 그런 경지의 고수들은 모두 원로 장로였던 것이다.

그 탓에 조심스러웠거늘, 지금처럼 적극적으로 나서 주니 고맙기 그지없었다.

"하오면 삼 장로와 오 장로께서 오십여 명의 제자들을 이끌고 움직여 주시겠습니까?"

장문인의 말에 절광 도장이 고개를 저었다.

"외람되오나 수를 줄였으면 합니다."

"아니, 왜요?"

"대장로께서 친히 나가실 생각이십니다. 그분을 모시고 저와 오 장로가 나갔다 오겠습니다. 하니 제자들은 똘똘한 아이들로 두셋만 붙여 주시지요."

절광 도장의 말에 장문인의 눈이 커졌다.

"아버님, 아니 대장로께서 직접 나가시겠다고 하셨단 말씀이십니까?"

"그렇습니다. 직접 흉수의 목을 치시겠다고 지금 처소에서 검을 갈고 계십니다."

불감청고소원이다.

화산의 자랑이자 최강 고수인 대장로가 나서 준다면 더 이상 바랄 것이 없었다.

아마 화산에서 매화검작이 나왔다는 소문이 돌면 흉수는 잠자리조차 불편할 것이 분명했다.

다음 날, 세 명의 제자들을 앞세운 매화검작이 절광 도장과 태을검현을 대동하고 화산을 내려갔다.

† † †

죽산현을 다스리는 지현은 곤혹스런 표정으로 자신에게 온 서신을 읽고, 또 읽었다.

하지만 아무리 읽어도 그 서신에 적힌 대로 일을 행하기가 겁이 났다.

결국 지현은 현의 치안을 담당하는 현승을 불러들였다.

"찾으셨습니까?"

"어서 오게. 우선 이것부터 한번 보게."

지현이 내미는 서신을 받아 읽는 현승의 눈이 점점 커져 갔다.

"지현 대인, 정말 이대로 하실 생각이십니까?"

서신을 다 읽고 물어 오는 현승은 불안한 표정이 역력했다.

"하지 않을 수도 없질 않나?"

"그, 그렇긴 합니다만… 이건 자칫 잘못하면 우리만 죽는 일입니다."

"하니 자네를 부른 것이 아닌가? 그러니 머리를 모아서 살아날 방도를 한번 찾아보세."

지현의 말에 현승은 잔뜩 굳은 얼굴로 고개를 저었다.

"방법이 나올 수 없는 일이 아닙니까? 그나저나 도대체 왜 우리가 화산의 고수를 습격해야 하는 겁니까?"

"그, 그거야 내가 알 수 있나. 그저 위에서 시키니 하는 것이지."

"만에 하나 상대가 말로만 듣던 고수들이면… 우린 다음 일을 진행하기도 전에 죽음을 피할 수 없을지도 모릅니다."

"해서 하는 말이네만… 도지휘사사의 병력을 끌어들이면 어떨까 싶은데."

"누구 아시는 무장이라도 있으십니까?"

"내 죽마고우가 방현에 주둔 중인 정백호(正百戶:정7품 무관)일세."

방현, 정확히는 방현부다.

인근 현들을 총괄하는 방현부엔 호광성 도지휘사사 휘하의 백호소가 주둔해 있었다.

"그가 도움을 주겠습니까?"

"직접 가담하라는 것은 어렵겠지만, 우리가 위험에 처했을 때 나타나서 말리는 역할이라면 충분히 가능하지 않을까 싶네만."

"그러니까 지현 대인의 말씀은 우리가 해치울 수 있다면 그냥 있고, 만에 하나 위험에 처하면 그 백호께서 향방군과 함께 나타나 싸움을 말린다는 말씀이로군요."

"그렇지. 어떤가?"

"괜찮을 것 같습니다."

현승의 동의에 지현은 곧바로 일을 준비했다.

† † †

매화검작은 앞서 길을 잡는 제자들을 따라 걸으며 절광 도장, 태을검현과 소소한 이야기를 나누고 있었다.

갑자기 사달이 벌어진 것은 그들이 죽산이란 도시에 막 접어들었을 때였다. 느닷없이 튀어나온 복면인들이 무조건 칼을 휘두른 것이다.

그래도 문파의 제일 웃어른들을 모시고 가는 이들로 뽑힌 까닭인지 맞선 제자들은 상당히 뛰어난 실력을 보였다. 뒤에 선 어른들이 나서지 않아도 좋을 정도로 말이다.

한데 그런 상황이 일순간에 바뀌었다.

"노(弩)!"

달리 쇠뇌라 불리는 무기가 습격자들 사이에서 모습을 드러낸 탓이었다.

쒜에에에엑-

무시무시한 파공성을 이끌고 철전(鐵箭)이 날아오자, 그 앞을 어느새 검을 뽑아 든 태을검현이 막아섰다.

챙-

어렵지 않게 쳐 냈더니 이내 날아오는 철전의 양이 급격히 늘어났다.

"연노(連弩)!"

놀란 음성을 토할 수밖에 없다. 관군들이나 쓴다는 노가 등장한 것도 놀랄 일인데, 그렇게 등장한 노가 연사가 가능한 연노다.

연노는 현(縣)이나 주(洲), 부(府) 등에 딸린 관군조차 보유하지 못한 신무기다. 들기론 최하 도지휘사사 휘하의 정병들이나 소지한다던가.

여하간 태을검현의 검이 눈부시게 움직였고, 연노에서 빠르게 날아들던 철전들은 모조리 가로막혔다.

이쯤에서 끝났다면 습격자들의 계획대로 되었겠지만, 그들에겐 불행하게도 장로의 피살로 가뜩이나 심기가 불편하던 매화검작의 분노가 여기서 터져 버렸다.

"커헉!"

첫 비명을 시작으로 순식간에 주검이 늘어났다.

동에 번쩍, 서에 번쩍이란 말을 실현시키려는 듯이 빠르게 움직이며 자신들의 동료를 도륙하는 매화검작의 신위에 놀란 습격자들이 도주를 시도했다.

하지만 매화검작은 그들을 놓아 보낼 생각이 없었다. 손에서 떠난 검이 마치 살아 움직이는 화살처럼 여기저기 흩어져 도주하는 습격자들을 관통하며 날아다녔다.

"멈춰라!"

우렁찬 고함과 함께 이내 말을 탄 군병들이 달려왔지만, 이미 마지막 습격자를 관통한 검이 매화검작의 손으로 돌아와 있었다.

시체와 피로 흥건한 주변을 둘러본 장수는 무언가에 잔뜩 흥분한 듯 보였다.

"이, 이것이 무슨 짓인가!"

장수의 호통에 태을검현이 앞으로 나섰다.

"습격을 받아 대응한 것입니다."

"대응이라니? 이것이 학살이지, 대응이란 말인가?"

"저들은 우리를 죽이러 달려들었고, 그것을 막은 것이니

정당한 행위였습니다만."

"이, 이……."

이상하리만치 분노하는 장수를 지그시 바라보던 매화검작이 그에게 천천히 다가갔다.

"누가 시킨 것인가?"

"무, 무슨 소리냐?"

"누가 사주했냐고 묻질 않는가?"

매화검작의 말에 필요 이상으로 당황하는 장수의 모습에, 비로소 무언가 흑막이 있다는 걸 알아차린 태을검현과 절광도장이 제자들을 뒤로 물리고 앞으로 나섰다.

"말하면 살고, 아니면 죽네."

매화검작의 위협에 장수가 이를 악물었다.

"감히 황군의 장수를 겁박하고도 살길 바랐더냐?"

황군. 황제의 군대.

다시 말해 장수는 지금 황제의 이름을 판 것이다.

장수의 사고방식으로는 황제의 이름이 거론된 이상 더 이상 핍박을 할 수 없었다.

하지만 불행하게도 상대는 강호인이었다. 황제의 이름에 겁을 먹었다면 관부인들이 불한당이라 부르지도 않았을 강호인 말이다.

"하면 네놈은 화산을 향해 검을 들이밀고도 살길 바랐더냐?"

담담한 매화검작의 음성에 장수는 꽤나 놀란 표정이었다.

"나, 난 호광성 도지휘사사 소속의 방현 백호소 정백호이니라. 이것은 군령이니 속히 물러나라!"

제법 위엄을 차리며 외쳤지만 여전히 통하지 않았다.

척-

대신 언제 뽑혀 나왔는지 시퍼렇게 날이 선 검이 장수의 목에 얹어졌다.

차자자자자창-

놀란 병사들이 일제히 칼을 꺼내 들었지만, 장수의 목에 검을 들이댄 매화검작은 여유롭기 그지없었다.

그런 매화검작을 내려다보며 장수가 떨리는 음성으로 말했다.

"뭐, 뭐하는 짓이냐!"

"말하기 쉽게 돕는 중이지. 대체로 이런 상황이 오면 아는 걸 말하는 게 쉬워지니까. 자, 이제 답해 보게. 누가 사주한 일인가?"

"그, 그런 일 없……."

말은 맺어지지 못했다.

주르륵-

슬쩍 파고든 검에 의해 날카로운 통증과 함께 얕게 갈라진 피륙에서 피가 흐른 까닭이다.

"다음엔 정말 깊이 파고들지도 모른다네."

꼬리를 잡다 • 233

마치 친구에게 밥을 먹지 않겠냐고 묻는 것처럼 평온한 어조가 더 섬뜩하게 다가왔다.

결국 장수의 의지가 꺾였다.

"나, 난 잘 모른다. 정말이다."

"그럼 아는 것까지만 들어 보지."

매화검작의 말에 장수는 식은땀을 흘려 가며 자신이 아는 것들을 말하기 시작했다.

† † †

여 부인은 숲 그늘에서 저마다 쉬고 있는 무사들을 돌아봤다.

세상 누구도 알지 못하는 자신들의 집단에서도 강한 이들이다.

초극에 달한 화산의 장로와 백여 명에 이르는 고수들이 버티고 있던 북 대륙 상회의 총회를 단 반 시진 만에 죽음의 대지로 만들어 놓을 정도로.

그런 이들을 이끌고 여 부인이 와 있는 곳은 그녀에게 꽤나 친숙한 장소였다.

이제 그 장소를 자신의 손으로 직접 피로 물들여 주어야 할 시간이었다.

여 부인의 손짓에 여기저기에서 쉬고 있던 무인들이 다가왔다.

"이전과 마찬가지다. 시작은 축시 초, 허락된 시간은 반 시진이다. 역시 살아 있는 이가 남아선 안 될 것이다."

여 부인의 말에 고개를 끄덕이는 사내들 속에서 한 명이 못마땅한 듯 물었다.

"여 부인."

"무슨 일이지, 흑랑(黑狼)?"

"난 북 대륙 상회만 정리하는 것으로 알고 있었는데, 아니었나?"

"그분께서 이곳도 정리되길 원하실 뿐이다."

"명은 받은 건가?"

흑랑의 물음에 여 부인의 눈빛이 차갑게 가라앉았다.

"네게 그걸 설명해야 할 이유는 없다."

여 부인의 답에 흑랑은 고개를 저었다.

"아니, 설명해야 할 거다. 난 은공께 의탁한 거지, 네 수하나 되자고 가담한 게 아니니까."

흑랑의 말에 여 부인의 눈빛은 그것만으로도 사람을 죽일 수 있을 것처럼 차고 날카롭게 일어섰다. 하지만 그뿐, 더이상 나아가지 않았다.

여 부인이 아는 흑랑은 자신의 능력을 넘어선 고수였기 때문이다.

"명령은… 받았다. 분명히."

여 부인의 확인에 흑랑은 마치 아무 일도 없었다는 듯이 어깨를 으쓱여 보이며 물러났다.

"그렇다면……"

뒤로 물러난 흑랑에게 동료가 작게 물었다.

"왜?"

"그냥… 예감이 좋지 않아서."

흑랑의 답에 동료의 얼굴이 굳었다. 자신의 경험상 흑랑의 예감이 빗나간 적이 없었던 까닭이었다.

댕~

이번에도 지난번처럼 멀리서 축시를 알리는 종소리가 들려왔다.

순간 눈을 빛낸 여 부인의 명이 떨어졌다.

"시작하라!"

명이 떨어지기 무섭게 이십여 개의 그림자가 남 대륙 상회 총회란 현판이 달린 옛 계림 지부 안으로 스며들었다.

한데 일각도 지나기 전에 그림자들이 모두 되돌아 나왔다.

"왜?"

의아한 표정인 여 부인에게 흑랑이 답했다.

"아무도 없다."

"아무도 없다고?"

"그래."

흑랑의 답에 여 부인의 아미가 찌푸려졌다.

"다른 곳으로 숨어든 모양이다. 낮에 알아보고 내일 밤에 다시 움직인다."

여 부인의 말에 그림자들이 다시 숲이 만들어 낸 그늘 속으로 조용히 사라졌다.

해가 뜨고, 분주한 일상이 화살처럼 빠르게 지나가고 다시 어둠이 내려왔다.

여 부인은 비선을 통해 전해진 작은 쪽지를 들고 있었다.

"놈들은 진마벽가에 숨어 있다."

"그럼 그곳을 치는 건가?"

흑랑의 물음에 잠시 갈등하던 여 부인이 고개를 저었다.

"왜?"

"삼황의 소문은 들었을 터."

여 부인의 답에 흑랑은 비릿하게 웃었다.

"풋! 그 말을 믿나?"

"믿고, 안 믿고는 중요치 않아."

"그럼?"

"그분께서 잠시 더 두고 보고자 하시는 게 중요할 뿐이지."

"은공께서?"

"그래."

"하면?"

"아쉽지만… 돌아간다."

여 부인의 말에 흑랑을 비롯한 이들이 입맛을 다셨다. 투사의 기질이 발동한 까닭이다.

그런 이들을 바라보던 여 부인이 물었다.

"아쉬운가?"

"조금은."

"그렇다면 합산을 거쳐 오라는 명이시다."

"합산?"

"놈들이 그곳에 사업을 벌여 놓았단다. 그걸 불태우면 기어 나올 거라신다."

"하면 합산을 불태우고 다시 오는 건가?"

"아니, 합산만 치고 돌아간다."

"왜? 기껏 불러내고 왜 돌아가는 거지?"

"합산엔 놈이 있다."

"놈?"

고개를 갸웃거리는 흑랑에게 여 부인이 짧게 답했다.

"도군."

그제야 흑랑의 고개가 끄덕여졌다. 은공은 도군을 상대하고 나서 다른 곳을 정리할 힘이 남아 있을지 확신하지 못한 것이다. 그리고 그것은 흑랑도 마찬가지였다.

"한데 어찌 상대할 생각이지? 정면 대결이라면 피해가 적지 않을 텐데."

"몇몇이 광대 짓을 한다."

"광대?"

"서동격서."

그 말만으로도 이해가 되었다.

"몇몇이 놈을 유인하는 사이 정리하자는 소리로군."

"그래."

"그럼 뭘 기다리지. 움직여야지."

흑랑의 말에 여 부인이 고개를 끄덕였다. 이내 숲 속 그늘에 머물던 그림자들이 흔적도 없이 사라졌다.

제76장
손해배상을 청구하다

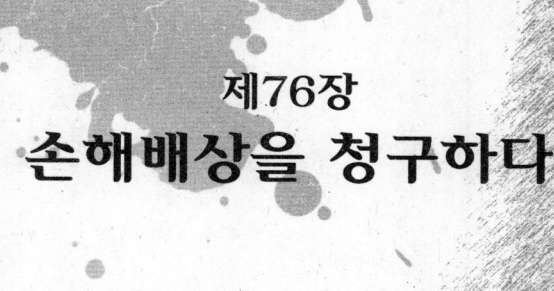

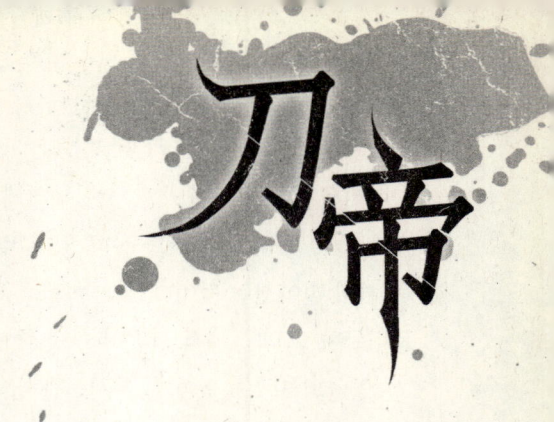

 북 대륙 상회가 피에 잠긴 이래로 단리세가는 계속 비상 상황에 놓여 있었다.
 다수의 무사들이 신도심의 경비를 위해 나가 있었고, 나머지 무사들도 세가를 지키기 위해 강화된 경비에 연일 동원되고 있었다.
 처음엔 약간 부담스럽긴 했지만 버틸 만했다.
 하지만 시간이 흐르고 열흘이 넘어가면서 피로가 누적되자 무사들이 극심한 체력 소진을 호소하기 시작했다.
 처음엔 정신력을 강조하던 수뇌들조차 피곤에 치이자 결국 충전을 위해 경비에 투입되는 무사들 중 3분지 1을 줄였다.

문제가 생긴 건 바로 그때였다.

단리세가의 권역에 포함되는 무의에서 정체를 알 수 없는 괴한들이 무의에 자리를 잡고 있던 몇몇 도장을 박살 내는 사건이 벌어졌던 것이다.

더구나 그 과정에서 사람이 여럿 죽어 나간 탓에 단리세가는 일단의 고수를 포함한 무사들을 급파해야 했다.

그러다 보니 운용할 수 있는 무사들의 수는 더 줄어들었다.

결국 단리세가는 신도심과 세가의 경비에 투입되는 무사들의 수를 다시 절반 정도 줄여야 했다.

깊은 어둠에 잠긴 단리세가를 바라보는 여 부인의 곁엔 몇몇 그림자들이 웅크리고 있었다.

"무사들의 수가 적어진 탓에 고수들은 잔뜩 긴장하고 있을 거다. 조금만 다가가서 기운을 뿜어내면 메뚜기 떼처럼 뛰어나올 거다. 욕심 부리지 말고 그들을 뒤에 달고 외곽으로 달려."

고개를 끄덕이는 그림자들을 바라보며 여 부인이 말을 이었다.

"특히 도군이 붙은 사람은 뒤도 돌아보지 말고 뛰어야 해. 괜히 객기 부리다간 목이 날아갈 테니까 조심하고. 참! 혹시라도 붙잡혔을 때 해야 할 일에 대해선 따로 이야기하지 않아도 되겠지?"

여 부인의 말에 그림자들은 다시금 고개를 끄덕여 보였다.

"좋아. 마찬가지로 축시 초부터 시작해. 저쪽은 축시 초에서 이각 정도 후에 시작할 테니까."

여전히 아무 말도 없이 고개만 끄덕이는 그림자들을 바라보며 슬쩍 미간을 찌푸린 여 부인이 말했다.

"그럼 믿고 간다."

그 말을 하고 돌아섰지만 여전히 그림자들은 흔한 인사조차 건네지 않았다. 그것이 기분을 상하게 했던지 여 부인이 못마땅한 음성으로 중얼거렸다.

"벙어리도 아닌 것들이……."

그렇게 투덜거리며 여 부인이 멀어져 가자 그림자들 속에서 욕설이 튀어나왔다.

"미친년."

"크크크!"

"큭큭!"

작은 웃음소리들이 어둠이 주는 그늘 안에서 낮게 흘렀다.

풀벌레와 부엉이 소리만 울리던 늦은 밤공기를 작은 종소리가 흔들었다.

댕~

축시 초를 알리는 한 번의 종소리.

이내 단리세가 주변에서 대기 중이던 그림자들이 순식간에 흩어졌다.

모처럼 일찍 잠자리에 들었던 도군의 눈이 떠졌다.
방금 울린 축시 초를 알리는 종소리 때문은 아니다.
무언가 기분 나쁘게 스멀거리는 느낌이 그의 감각 언저리를 자꾸 건드렸다.
보잘것없는 기파…….
먹이를 찾아 인가 주변으로 내려온 노루나 토끼일 수도 있다.
그 탓에 망설이던 도군의 눈이 갑자기 부릅떠졌다.
푸확-
그리고 무섭게 감각을 두들기는 무지막지한 기파!
우당탕탕-
문을 박차고 나가는 그의 손으로 저만치 놓여 있던 도가 날아와 잡혔다.
도군을 시작으로 세가의 이곳저곳에서 고수들이 뛰어나왔다.
모두 갑작스런 기파를 느낀 것이다. 그들이 도군에게 시선을 주었다.
"기파가 접근하다 흩어진다. 우리가 알아차렸다는 것을 안 모양이다. 놈들을 잡는다."

도군의 결정에 고수들이 몇몇씩 짝을 지어 흩어지는 기파를 하나씩 맡아 몸을 날렸다.

개중에서 두 명의 장로와 함께 움직이려는 단리격을 도군이 잡았다.

"가주는 세가를 지켜라. 서동격서! 우릴 유인해 내고 세가를 칠 수도 있음이다. 각별히 주의하고, 유사시 폭죽을 올려라."

"예, 아버님."

단리격의 답을 들은 도군이 아직 추적이 붙지 않은 기파 하나를 선택해 움직였다.

휘황찬란한 불빛으로 도배되다시피 한 신도심을 바라보던 여 부인이 뒤를 돌아보았다.

"시간 됐다. 시작해."

그녀의 말이 끝나기 무섭게 흑랑을 위시한 십여 개의 그림자가 합산의 신도심으로 스며들었다.

"이제 과거의 빚을 청산할 시간이로군, 유총 소회주."

여 부인과 유총 사이엔 악연이 많다. 아버지의 애첩이었던 여 부인과 그런 그녀를 증오했던 유총 사이에 파인 감정의 골이 깊었던 까닭이다.

그 악연과 감정을 여 부인은 이번에 청산할 생각이었다. 가능하면 통쾌하게, 그리고 잔인하게.

신도심으로 걸어 들어가는 여 부인의 입가로 잔혹한 미소가 깃들었다.

† † †

 합산에 들어선 신도심의 중심엔 유충이 심혈을 기울여 건설한 거대 유곽이 존재했다.
 사람들로부터 천시 받는 도박을 위해 마련된 장소라고 믿기 어려울 정도로 호화로운 도박장부터 천하 산해진미가 전부 가능하다는 수십 개의 요릿집들.
 거기에 미녀들만으로 채웠다는 기루들까지…….
 그중에서도 사람들의 관심을 가장 많이 받는 곳은 역시 도박장이었다.
 어둡고 좁은 곳에서 숨어서 하던 도박을 크고 화려한 데다 공개된 장소에서 즐길 수 있는 탓에 인기가 높았던 까닭이다.
 그곳에서 한 청년이 연전연패를 거듭하고 있었다.
 "이런!"
 자신의 패배를 안타까워하는 청년을 종복으로 보이는 중년인이 말렸다.
 "고, 공자님, 그만하시지요."
 "그만하라고? 어떻게 그만해? 지금까지 잃은 돈이 자그마치 금자 이백 냥이야! 이백 냥! 그걸 잃고 그냥 가란 말이 어떻게 나와!"

"하, 하지만 이대로 가다가 더 잃으시면……."

"무슨 소리! 절대로 안 잃어! 이제 막 감을 잡았다고. 그러니 따는 것만 남은 셈이지. 기다려 보라니까."

도박 중독 초기 증상을 여실히 보여 주는 청년의 행동에 중년인은 한숨을 쉬며 물러날 수밖에 없었다.

하지만 그것이 실수였다는 것은 오래지 않아 증명되었다. 그나마 남아 있던 여비까지 홀랑 다 털려 버린 것이다.

"저기… 개평 안 주시오?"

자신이 잃은 도박판을 기웃거리며 헤실대는 청년에게 도박꾼들이 은자 한 냥을 던져 줬다.

"그거 먹고 떨어지슈."

자그마치 금자 삼백 냥하고 은자 열두 냥을 잃고 겨우 구걸하듯 얻은 은자 한 냥에 청년의 입이 헤벌쭉 벌어졌다.

"이걸로 밥이나 사 먹자."

청년의 말에 뒤를 따르던 중년인이 못 말린다는 표정으로 고개를 저었다. 그걸 본 청년이 퉁명을 떨었다.

"왜? 먹기 싫어?"

"아, 아닙니다. 소인이 어찌……."

"그런데 왜 고개는 젓고 그래."

"그, 그냥 목이 조금 뻣뻣해서 풀어 주느라……."

손해배상을 청구하다 • 249

거짓으로 둘러대는 것이 뻔히 보이는 말이었지만, 청년은 그냥 넘어갈 생각인지 더 이상 문제 삼지 않았다.

도박장을 나선 청년의 시선으로 야밤을 지나 새벽녘으로 가는 시간임에도 불빛과 사람들로 흥청거리는 거리가 들어왔다.

그 거리를 걸어 청년이 맨 처음 들어간 곳은 제법 운치 있는 요릿집이었다.

"흠… 여긴 뭐를 잘하나?"

청년의 물음에 제법 잘 차려입은 점원이 차림표를 건네주며 답했다.

"저희 집의 요리는 모든 손님들의 입맛을 만족시키고 있습니다. 원하시는 것을 시키시면 그것이 가장 훌륭한 요리가 될 것입니다."

제법 자랑을 멋들어지게 늘어놓는 점원의 말과 함께 차림표를 펼쳐 든 청년의 입가로 어색한 웃음이 번져 나갔다.

"아하하! 내, 내가 좋아하는 게 벼, 별로 없네."

"무슨 말씀을……. 하면 원하는 것을 말씀하시면 곧바로 대령해 올리겠습니다."

"아, 아닐세. 다음에 오지."

연신 붙잡는 점원의 손을 뿌리치고 나선 청년에게 뒤따라 나온 중년인이 물었다.

"왜 그냥 나오셨습니까?"

"아하하! 그, 그게… 다 비싸서."
"비싸요?"
"응. 가장 싼 소면이 은자 닷 냥이더라고."
고급 요릿집인 탓이다.
주변에 즐비하게 늘어선 요릿집들은 모두 비슷할 것이 분명했다.
결국 한참을 헤맨 끝에 조금 외진 곳에 늘어선 좌판들 속에서 은자 반냥짜리 소면을 하나씩 받을 수 있었다.
"그래도 다행이네. 굶지는 않게 생겼으니까. 그지?"
뭐가 좋은지 헤벌쭉 웃는 청년의 물음에, 중년인은 그저 멀건 국물에 담긴 소면을 내려다보며 마지못해 고개를 끄덕였다.
"그럼요. 굶지 않았다는 것이 중요하지요."
"그래, 바로 그거라고. 자, 이제 먹어 보자구."
기쁜 낯으로 젓가락을 들었던 청년 쪽으로 갑자기 비명을 지르는 사람들이 달려왔다.
투당탕탕!
순식간에 좌판이 엎어지고 사람들이 쓰러졌다. 그 와중에 청년과 중년인의 소면은 바닥에 쏟아져 먹지 못하게 되었다.
그렇게 바닥에 쏟아진 소면을 물끄러미 바라보던 청년이 말했다.

"이봐, 무잠."
"예, 공자님."
"저 새끼들 잡아."
 갑자기 사나워지는 청년의 말투에 중년인이 불안한 표정으로 되물었다.
"예?"
"예는 무슨 예? 저 새끼들 잡으라고!"
"하, 하지만 고, 공자님."
"이런 빌어먹을! 이 판국에 공자는 무슨! 저 새끼들 잡아서 모조리 껍질을 벗겨 소금에 절여 널어놓을 테니까 다 잡아! 한 놈도 빠짐없이!"
"하, 하지만 이곳은 우리 권역이 아닙니다."
"무슨 개소리야! 내가 있는 곳이 내 권역이란 걸 잊은 거야!"
"하, 하지만… 공, 아니 교주님, 괜히 문제라도 생기면."
"문제는 이미 생겼어! 저 쌍놈의 새끼들 다 잡아들이라고!"
 핏대마저 세운 청년의 고함에 무잠이라 불린 중년인이 허리를 접었다.
"존명!"
 이내 여기저기에서 사람들을 베어 죽이던 복면인들을 향해 중년인이 움직였다.

"크헉!"

마치 순간 이동 같았다.

순식간에 삼십여 장의 공간을 건너뛰어 칼을 휘두르던 복면인을 제압하여 마혈과 아혈을 눌러 구석에 처박았다.

그리고 다시 이십여 장 밖의 복면인을 향해 폭사되어 갔다.

눈 깜짝할 사이에 여기저기에서 번쩍이는 것임에도 마음에 들지 않았던지, 교주라 불린 청년이 직접 손을 쓰기 시작했다.

우당탕탕—

무엇인가 마구 뒤섞이며 부서지는 소리가 들려 중년인이 돌아보니, 근 서른 명에 가까운 사람들이 모조리 기절해 길바닥에 널브러져 있었다.

두말할 필요 없이 폭참(爆斬)이다.

강력한 권풍으로 전방 삼십 장 이내에 든 모든 것을 부수거나 죽일 수 있는 힘을 가진 끔찍한 무공이었다.

그나마 부서진 건물도 없고, 배가 터져 죽은 이도 없으니 적당히 실신 정도가 목표였던 모양이지만, 애초에 목표는 맨 끝에 널브러진 복면인뿐이었다.

그러니 나머지 사람들은 중간에 끼어 있다는 이유만으로 아무 잘못 없이 폭참에 얻어맞은 불쌍한 사람들인 셈이다.

"어어, 저 새끼 도망간다."

푸황-

콰광쾅!

무지막지한 권풍이 불고, 도주하던 복면인과 근처의 건물을 통째로 부숴 버렸다.

"에고… 힘 조절 실패."

청년의 말에 중년인의 고개가 절로 떨구어졌다.

† † †

단리세가는 새벽 시간임에도 불구하고 대낮같이 불을 밝혀 놓았다.

거기다 세가의 모든 무사들이 무장을 하고 눈을 부릅뜬 채 경비에 임하고 있었다.

그런 단리세가의 의사청.

신도심에서 날뛰던 청년이 비스듬히 앉아 있었다.

그런 청년의 앞에는 긴장한 신색이 역력한 도군이 바짝 마른 입술로 앉아 있었다.

"왜… 온 거요?"

도군의 물음에 청년은 못마땅한 표정을 지었다.

"이거… 취조야?"

"취, 취조는 무슨……. 그저 이유는 알아야 하겠기에 묻는 거요."

당황하는 도군의 말에 잠시 그를 삐딱하게 바라보던 청년이 답했다.

"그냥 누구 좀 만나 보려고."

"누, 누구 말이오?"

"나 점점 기분 나빠지려는 거 알아?"

"그, 그럼 이, 이곳에 얼마나 머물 생각이시오?"

"글쎄… 봐서."

완전히 비협조적인 태도로 일관하는 청년의 행태에도 불구하고 도군은 화조차 내지 못했다.

상대는 그가 화를 낼 수 있을 만큼 만만한 사람이 아니었던 까닭이다.

그러다 보니 도군은 입이 바짝 말라 가는 느낌이었다.

"너… 시간 끄는구나?"

"무, 무슨 소리요."

부정했지만 말이 떨려 나왔다. 그 모습에 피식 웃은 청년이 팔을 벌려 보였다.

"뭐, 상관없어. 어차피 네가 불러 올 사람은 뻔하고. 그렇지 않아도 만나 보려던 사람도 그자니까."

"그, 그럼 아까 만나려 한다는 사람이 삼황이오?"

"삼황은 무슨……. 내가 인정하기 전엔 그따위 명칭은 쓰지 말아야 하는 거야."

흥성이 번뜩이는 눈빛과 마주친 도군은 시선을 피했다.

손해배상을 청구하다 • 255

"그… 아, 알았소."

맥없이 꼬리를 내리는 도군을 피식 웃으며 바라본 청년이 물었다.

"얼마나 기다려야 오는 거야?"

"오, 올 때가 되었을 거요."

신도심이 기습을 당한 것을 알자마자 전서구를 날렸다.

합산과 계림의 거리상 두 시진 정도면 날아갈 것이고, 벽사흔의 능력상 다시 한 시진이면 이곳에 당도할 수 있을 터였다.

그러니 아직 한 시진 정도가 남은 셈이었다. 정상적이라면 말이다.

벌컥-

"어, 어! 어떻게 이렇게 빨리?"

놀라는 도군의 시선을 받으며 들어서는 것은 벽사흔이었다.

"뭐, 얼마나 멀다고. 그나저나 신도심은 왜 저 모양이야?"

"그, 그게……."

섣불리 뭐라 설명하지 못하는 도군을 바라보던 벽사흔이 시선을 돌리다가 눈에 익은 얼굴을 발견했다.

"어라? 네놈은?"

벽사흔의 시선이 닿자 움찔한 중년인이 포권을 취해 보였다:

"곽무잠이 다시 뵈오이다."

곽무잠, 무잠.

비로소 정체가 드러나는 사람은 화산에서 벽사흔과 충돌했던 마교의 부교주인 검존이었다.

"그때 얻어터진 데는 괜찮냐?"

"그… 꽤, 괜찮소이다."

"다행이네."

시큰둥하니 답하며 자신의 곁에 앉는 벽사흔에게 도군이 머뭇거리며 말했다.

"이, 인사부터 하지. 이쪽은……."

"척 보니 누군지 알겠네. 부교주란 놈이 앉지도 못하고 서 있는 것 보면. 네가 마교의 이거?"

엄지손가락을 들어 보이는 벽사흔의 물음에 청년, 멸겁도황이 피식 웃었다.

"재밌는 자일세."

다른 사람은 못 알아들었을지 몰라도, 미묘한 차이를 알아들은 검존은 적지 않게 놀란 표정이었다.

그 누구든 자신보다 아래로 깔아뭉개기로 유명한 멸겁도황이 재미있는 '놈'이 아니라 재미있는 '자'라고 했던 것이다.

하지만 반대로 벽사흔은 거침없이 말했다.

"재미는 무슨……. 그나저나 네놈은 왜 여기 온 거야? 백마 협정에 의하면 신강에 처박혀서 나오면 안 되는 거 아니었어?"

검존의 눈썹이 꿈틀거렸다. 말투가 거슬렸기 때문이다.

하지만 굳이 나서지 않았다. 이제 자신의 주군이 그 대가를 치러 줄 테니까.

곧바로 이어질 멸겁도황의 질퍽한 욕설을 은근히 기대하며 희미하게 미소 짓던 검존은 자신의 귀를 의심해야만 했다.

"뭐, 그게 꼭 지켜야 하는 것도 아니고… 너무 오래 처박혀 있었더니 세상이 궁금하기도 하고……."

욕설은커녕 변명을 하고 있었다. 천하에 거칠 것 없다는 멸겁도황, 자신의 주군이.

"교, 교주님……."

주체할 수 없는 무언가가 가슴 밑바닥에서부터 치고 올라온 탓에 교주를 부르는 음성이 울먹거려졌다.

"왜?"

"소, 속하가 무능하여……."

급기야 눈물을 흘리는 검존의 행동에 멸겁도황이 당황한 표정이 되었다.

"왜, 왜 그러는 거야?"

눈물을 흘리는 자신을 바라보며 슬쩍슬쩍 벽사흔의 눈치를 보는 멸겁도황의 모습에 결국 검존의 입에서 통곡이 터져 나왔다.

"크흐흐흑! 교주님!"

"왜, 왜 그래? 창피하게. 빨리 그쳐. 이게 무슨 망신이냐고."

작게 중얼거리듯 달래는 멸겁도황에게 벽사흔이 말했다.

"내버려 둬라. 제 딴엔 속상해서 그러는걸. 그래도 수하 하나는 제대로 뒀네. 부럽다."

한눈에 알아차린 것이다. 검존이 눈물을 흘릴 정도로 마음이 상한 이유를.

결국 더 이상의 기 싸움은 하지 않기로 한 벽사흔이 조금은 부드러워진 음성으로 말했다.

"그 친구는 좀 가라앉게 두고. 나랑 잠깐 걷지 않겠어?"

둘만의 대화를 요청한 것이다. 그에 검존의 어깨를 두어 번 두드려 준 멸겁도황은 두말없이 자리에서 일어섰다.

그렇게 나서는 두 사람을 황급히 눈물을 훔치며 따라나서려는 검존을 도군이 붙잡았다.

"검존께선 잠시 나와 이야기를 합시다."

그렇게 검존이 떨어지자 두 사람은 천천히 단리세가의 안을 걸었다.

"난데없이 마교의 교주를 만나서 놀랐다."

벽사흔의 말에 멸겁도황이 어깨를 으쓱였다.

"뭐, 놀라게 할 생각은 아니었어."

"한데 이곳까지 온 이유가 뭐야?"

"그냥, 여행."

"헛소리 말고, 진짜 이유를 대."

벽사흔의 핀잔에 피식 웃은 멸겁도황이 답했다.

"무당의 말코가 얼마 안 있으면 이 바닥 떠날 것 같아서."

"너도 혹시 천기인가 뭔가 그런 거 볼 줄 아냐?"

"무슨 천기씩이나……. 그냥 소문이 파다하잖냐. 아니 땐 굴뚝에서 연기 나는 법은 없는 것이기도 하고."

멸겁도황의 말에 이번엔 벽사흔의 입에서 피식 웃음이 새어 나왔다.

"한데 무당이 있는 호광이 아니라 왜 우리 동네인 광서야?"

"말코가 가는 거야 기정사실 같고, 하니 차기 맞수나 한번 볼 생각이었지."

"차기 맞수면… 나?"

"그럼 누구겠냐?"

"그것도 소문 때문?"

"삼황의 이름이 신강에까지 파다했으니까."

소문만은 아니다. 무림지회에서 돌아온 검존에게서 전해 들은 벽사흔의 이야기가 멸겁도황의 궁금증을 더 크게 키워 놓았다.

"그나저나 잘못 짚었어."

"뭐가?"

"맞수 말이야."

벽사흔의 말에 멸겁도황이 순순히 고개를 끄덕였다.

"널 보는 순간 나도 맞수가 아니라는 걸 깨달았지. 빌어먹을! 말코가 간다기에 이젠 제대로 활개 좀 쳐 보려나 했더니만, 이건 동산 넘어 태산이라더니. 딱 그 짝이야."

멸겁도황의 말에 벽사흔이 고개를 저었다.

"그런 뜻 아니야."

"무슨… 소리야?"

"너보다 잘났다고 하는 말이 아니라고."

"그럼?"

"맞수, 그런 거 안 한다는 말이야."

"내가 알아듣게 말해 줄 수 없나?"

멸겁도황의 물음에 벽사흔이 작은 한숨을 내쉬며 말했다.

"난 협의나 정의 그런 걸 지키는 사람도 아니야. 그렇게 살아오지도 않았고. 당연히 백도니 마도니 하는 잣대도 내겐 소용없는 헛소리고."

"그 말은……?"

"네 마음대로 하라고. 단 내 집, 내 가족은 건드리지 말고. 물론 친구가 도와달라면 외면은 할 수 없겠지. 그래 봐야 친구라고 할 만한 놈도 몇 안 돼."

"지금 그 말은 너와 네 주변만 건드리지 않는다면 내가 무슨 짓을 해도 상관하지 않겠다는 소리?"

"그래."
"남아일언?"
"중천금."
 벽사흔의 답에 멸겁도황의 입가로 의미심장한 미소가 깃들었다.
"생각보다 좋은 답을 듣고 돌아가게 생겼는걸."
"글쎄, 과연 그럴까?"
"그건 또 무슨 소리야?"
 의심에 찬 눈길을 보내는 멸겁도황에게 벽사흔은 미소를 지어 보였다.
"널 속이는 건 아니니까 그런 표정 지을 건 없고. 그냥 돌아가서 한 보름만 지나면 내 말을 이해하게 될걸."
 벽사흔의 말을 좀처럼 이해하지 못한 멸겁도황의 눈은 여전히 의심과 의문으로 가득 차 있었다.
 그런 멸겁도황을 바라보며 벽사흔은 그저 희미하게 웃어 보일 뿐이었다.

 날이 밝자 멸겁도황과 검존은 단리세가를 떠나갔다.
 무당을 거쳐 귀환할 것이라는 언질을 남겼지만 벽사흔은 걱정하지 않았다.
 최소한 죽어 가는 사람의 집에 가서 깽판이나 칠 정도로 형편없는 사람은 아니라는 걸 알아보았기 때문이다.

그렇게 멀어져 가는 두 사람을 바라보며 도군이 걱정 어린 음성을 흘렸다.

"저렇게 그냥 보내도 되는 걸까?"

"아니면 어쩔 건데."

벽사흔의 물음에 도군이 그를 쳐다보았다.

"멸겁도황의 반응… 검존이 울음을 터트려야 할 정도로 티가 났다는 건 알지?"

"그래서? 하고 싶은 말이 뭔데?"

"네가 마음만 먹었다면 저 둘, 여기서 꺾을 수도 있었다고 생각하는데. 아니라고 할 생각인가?"

"아니, 네 생각이 맞아. 저 둘… 잡을 수 있지. 충분히. 하지만 그 와중에 휩쓸린 단리세가는 어찌 될 것 같아?"

"무슨… 의미지?"

"그냥 묻는 거야. 너도 누구처럼 네 집안이 풍비박산이 나고, 너와 네 가솔이 모조리 죽어 나가도 강호의 분란거리만 제거할 수 있다면 감수할 수 있다는 것인지."

"그 무슨 말도 안 되는!"

버럭 소리를 지르고 보니 벽사흔이 하고 싶은 말뜻을 알 듯도 했다.

그렇게 보면 벽사흔이 저 둘을 잡겠다고 나서지 않은 것이 단리세가로서는 다행인지도 몰랐다.

"그럼… 다행이라고 해야 하나, 아니면 고맙다고?"

"그냥 웃고 말자."
 피식 웃어 보이는 벽사흔의 말에 도군도 희미하게 웃어 보일 뿐이었다.

제77장
깊게 파다

의창은 호광성 북부 지역에 위치한 그저 그런 변두리 도시다.

다만 군부의 입장에선 이곳에 대규모 병참 시설이 존재하는 까닭에 의창 위지휘사사가 설치되어 있었다.

주둔 병력은 대략 오천육백. 그중 이천이 넘는 수가 전투병이 아니라 보급 물자를 관리하는 노역병이었다.

그런 의창 위지휘사사를 샅샅이 훑는 눈길이 있었다. 그들의 소매에는 산뜻한 매화가 수놓아져 있었다.

"이곳이 세 번째입니다."

태을검현의 말대로다.

죽산현에서 복면으로 위장한 관병의 습격을 받은 이후, 방현에 주둔하고 있는 정백호의 증언을 토대로 윗선을 따라 추적을 시작한 매화검작 일행은 보강과 흥산을 거쳐 이곳 의창에 이르고 있었던 것이다.

물론 자신들이 그러고 다니는 동안 북 대륙 상회의 총회를 피로 물들였던 이들이 합산에서 멸겁도황의 손에 결단이 난 것도 알지 못했다.

그 탓에 이들은 지금 자신들이 쫓는 것이 흉수의 배후라 굳게 믿고 있었다.

"안다."

"만약 이곳도 단순한 명령 전달 지점에 불과하다면… 우리가 먼저 드러날 수도 있습니다."

그간 거쳐 온 곳들마다 손을 댔다. 관부인이란 부담감이 있었지만, 배후를 알아내야 한다는 압박감에 주저 없이 손을 썼던 것이다.

그 탓에 상한 이들이 나왔다.

물론 처음을 제외하곤 죽은 이들이 없다지만, 일이 거듭될수록 배후가 자신들의 추적 사실을 인지할 가능성은 높아진다.

"그러니 이번엔 무언가 조금 더 구체적인 증거를 잡아야겠지."

매화검작의 말에 일행의 고개가 천천히 끄덕여졌다.

침투란 것도 자주 하다 보니 요령이란 게 생겼다. 어둠만

골라 다닌다고 발각되지 않는 것이 아니라 사각지대를 찾아 움직이는 것이 더 효율적이었다.

간혹가다 어두운 지역이라 순찰이 더 심한 곳이 있었던 것이다.

그렇게 움직인 덕에 태을검현은 군영 안 깊숙이 들어올 수 있었다.

침투에 있어서 제자들은 위험하다는 이유로 제외되었다.

물론 매화검작은 스스로 나선다 해도 그런 일을 하도록 둘 수도 없었다.

남은 건 절괌 도장과 태을검현뿐인데, 배분에서 밀린 태을검현이 침입을 도맡아 하게 되었던 것이다.

군영의 중심, 제일 큰 전각으로 스며든 태을검현은 침상에서 잠이 든 사내의 수혈을 짚어 들쳐 업고, 들어간 반대 수순으로 빠져나왔다.

기다리던 이들이 태을검현으로부터 받아 든 사내의 아혈을 막고 수혈을 풀었다.

천천히 잠에서 깬 사내는 크게 놀란 듯 눈을 부릅떴다.

입을 벙긋거리는 것이 소리를 지르려는 모양인데, 아혈을 잡힌 탓에 말이 나오지 않으니 더 크게 놀라 바동거렸다.

결국 매화검작이 마혈을 눌러 행동을 봉쇄하고서야 바동거림이 멈춰졌다.

"묻는 말에만 답하면 해칠 생각은 없소."

매화검작의 말에 불안하게 흔들리던 사내의 눈동자가 다소 진정 기미를 보이자 매화검작이 말을 이었다.

"아혈을 풀어 줄 거요. 난 가능한 한 피를 보고 싶지 않소. 하니 소리는 지르지 마시오."

주의를 준 매화검작이 아혈을 풀자 사내가 불안감 가득한 음성으로 물어 왔다.

"누, 누구요?"

"그냥 무언가를 알고 싶은 사람들이오."

"도대체 무얼 알고 싶단 소리요?"

"이 서찰, 알아보겠소?"

죽은 죽산현의 지현의 품에서 나온 서찰을 눈앞에 들이밀자 사내의 눈동자가 불안하게 떨렸다. 그것으로 사내가 서신을 알아보았다는 것을 알 수 있었다.

하지만 사내는 이전의 관리들처럼 그 사실을 부정했다.

"모, 모르오."

"처음엔 다 그렇게 이야기하지만 결국은 사실대로 말하게 되오. 괜히 우린 힘 빼고, 당신은 피를 보는 일이 없었으면 좋겠소."

매화검작의 찬찬한 설득에도 불구하고 사내의 답은 변함이 없었다.

"정말 모르오!"

그간의 경험에 의하면 더 설득해 봐야 시간만 낭비할 뿐이다. 매화검작의 눈짓을 받은 절광 도장만 남고 나머지 사람들은 자리를 피했다.

 침투를 맡은 태을검현 대신 고문은 절광 도장이 맡은 까닭이었다.

 이내 아혈을 짚은 절광 도장의 손이 사내의 몸을 구석구석 스쳤다.

 그때마다 사내는 눈을 허옇게 뒤집고 파르르 떨었다.

 이각, 사내가 사실을 털어놓는 데 걸린 시간이었다. 그나마 무관이라고 문관들에 비해 배는 더 걸렸다.

 혼절한 사내를 다시 제자리로 돌려놓은 매화검작 일행은 사내가 지목한 자가 머무는 곳을 향해 빠르게 이동했다.

† † †

 필의 연락 체계에 누군가가 끼어들었다는 것을 파악한 신국공은 방민을 비롯해 또 한 명의 사내와 자리를 함께하고 있었다.

 "올라온 보고들을 종합해 보면 놈들은 가볍지 않은 무공을 익힌 놈들입니다. 다른 파벌이 명령 전달 체계를 부수기 위해 투입한 것이 아닐까 사료됩니다."

 방민의 말에 신국공의 시선이 그 곁에 조용히 앉아 있는 사내에게 향했다.

"오 원외랑은 어찌 생각하는가?"

오 원외랑.

본명은 오휘민, 필의 부주(副主)인 예부상서 오량호의 장자이다.

그것이 인연이 되어 필에 몸을 담은 사람으로, 특이하게 무인이면서도 문과에 장원급제하여 출사한 문관이었다.

황궁 삼대 고수로 이름을 날릴 정도로 그 실력이 출중한 관부 고수였다.

그런 그가 신국공의 물음에 조심스럽게 답했다.

"정확한 건 아무것도 없습니다. 호부상서 대인의 말처럼 다른 파벌인지, 아니면 전혀 생각지 못했던 이들인지. 마주쳐 보면 알 수 있을 것입니다."

"하면 움직여 보겠나?"

"그리하라고 부르신 것이 아니겠습니까?"

오휘민의 말에 신국공이 희미하게 웃었다.

"요사이 무공을 증진시키기 위해 노력 중이라고 들었는데, 이 일로 시간을 빼앗는 건 아닌지 모르겠구만."

"아닙니다. 어차피 무공을 올리고자 했던 것도 필의 일을 조금 더 원활하게 돕기 위해서였을 뿐입니다."

"고마운 말일세. 하면 언제 움직일 텐가?"

"곧바로 움직여 보겠습니다."

"그리하게."

자신의 허락에 오휘민이 먼저 나가자 신국공은 남아 있던 방민에게 명했다.

"움직임에 불편함이 없도록 지원해 주거라."

"예, 대인."

"그리고… 지켜보는 것을 잊지 말고."

"아직도 걱정하시는 것입니까?"

"느닷없이 척을 버리고 문관이 되어 필로 들어온 놈이니라. 어찌 믿을 수 있겠더냐."

"하나, 그가 마음을 바꿀 때가 아비인 오량호가 필의 부주가 된 시기와 같으니, 결국 그의 주장대로 가문의 영달을 위해 배를 갈아탄 것일 수도 있지 않겠습니까?"

"그럴 수도 있겠지. 하나 조심해서 나쁠 것은 없느니라."

신국공의 말에 방민은 고개를 조아렸다.

"예, 대인."

"참! 북 대륙 상회의 뒤처리는 어찌 되어 가더냐?"

"무슨 일인지 남 대륙 상회가 남겨진 지방 행단들을 흡수하지 않고 있습니다."

"이유는 알겠더냐?"

"그것은 아직……. 하나 사람들을 풀어 그 연유를 알아보고 있사오니 곧 드러나게 될 것입니다."

"서둘러야 할 것이다. 남 대륙 상회가 흡수할 것에 대비해 행단들에 심어 놓은 우리 사람들이 아무 일도 못하고 놀고

깊게 파다 • 273

있음이야. 그건… 낭비일 뿐이야."

"서둘러 보겠습니다."

"그래. 그리고 합산에서 소요가 있었다는 건 무슨 소리더냐?"

"합산현의 보고에 의하면 무림인들끼리 충돌이 있었답니다."

"한데?"

"그 과정에서 몇몇이 생포된 듯하온데… 단리세가는 부정하고 있다 하옵니다."

"사사로이 죄인을 가두는 것은 국법으로 금하고 있긴 하다만… 굳이 신경 써야 할 필요가 있는 게냐?"

"그것이… 실은 생포된 이들 중에 살펴보라 하명하신 이가 섞여 있는 듯하여……."

"누굴 말하는 게냐?"

"한때 대륙 상회에서 계림 지부를 맡았던 여인입니다."

"여 부인 말이더냐!"

놀라는 신국공에게 방민이 고개를 끄덕여 보였다.

"그러하옵니다."

"언제 올라온 보고이냐?"

"사흘 정도가 흘렀사옵니다."

"그걸 왜 이제야?"

노기가 묻어나는 신국공의 힐난에 방민이 서둘러 답했다.

"확신할 수 없었기 때문이옵니다. 그리고 그것은 지금도 마찬가지입니다."

"확실치 않다?"

"예, 대인."

"흠… 내 그 일은 다른 방향으로 알아보고 다시 거론하마."

"하명을 기다리고 있겠습니다."

"물러가거라."

자신의 축객령에 방민이 조심스럽게 물러나자 신국공은 서둘러 작은 종이에 몇 자 적은 뒤, 뒷방에서 전서응 한 마리를 꺼내 나왔다.

"은공께 다녀와야겠다. 서둘러 다오."

머리를 쓰다듬던 전서응을 놓자 힘차게 날아올랐다.

† † †

이겸령은 호광성 승선포정사사(承宣布政使司)의 우포정사(右布政使:종2품 문관)다.

몇몇 행성이 그러하듯 호광성은 행성의 최고 통치 기구인 승선포정사사가 둘로 나누어져 있었다.

흔히 호광 남포정사사(南布政使司)라 불리는 좌포정사별부(左布政使別府)가 남부 거점 도시인 장사에 설치되어 있

깊게 파다 • 275

었고, 북포정사사(北布政使司)라 불리는 우포정사별부(右布政使別府)는 성도인 무창에 순무사(巡撫司)와 함께 설치되어 있었다.

 좌포정사가 전권을 가지고 호광 남부를 다스리는 것과 달리 우포정사는 흔히 성주라고도 불리는 순무(巡撫:정2품 문관)의 직접적인 명령을 받아야 했다.

 그 탓에 호광 우포정사는 대부분의 결정을 순무에게 받아야 했기에 실제적으로 권력이라 불릴 만한 힘이 별로 없었다.

 하지만 그 덕에 호광 우포정사는 매우 중요한 위치에 설 수 있었다.

 바로 중원의 중남부에 속한 호광, 광동, 강서, 복건 일대에 대한 필의 지역주(地域主)의 자리를 차지한 것이다.

 그러다 보니 필에 관계된 일에 대해선 상관인 호광 순무조차 호광 우포정사의 명에 따라야 하는 일들이 생길 때도 있었다.

 그런 호광 우포정사 이겸령이 지금은 꽤나 혹독한 상황에 직면해 있었다.

 "이러고도 네놈들이 무사할 줄 알았더냐!"

 마혈이 짚여 움직이지 못한 채 소리만 고래고래 지르는 이겸령을 태을검현이 곤란한 표정으로 바라보았다.

 "어쩌죠?"

고문을 가하기엔 너무 거물이다.
 기억해 두었다 복수를 벌일 만큼 충분한 힘과 권력을 가진 사람이니, 당장 어찌 처리해야 할지 곤란을 겪고 있었던 것이다.
 사실 의창에서 정보를 얻어 이곳 무창으로 향할 때까지만 해도, 아니 우포정사인 이겸령을 납치해 나올 때만 해도 이런 일은 생각지 못했었다.
 "일단 입 좀 다물게 만들어."
 매화검작의 짜증에 태을검현이 끊임없이 고함을 지르는 이겸령의 아혈을 짚어 버렸다.
 곧바로 조용해지긴 했지만 여전히 골칫거리는 해결되지 않았다.
 "그냥 고문할까요?"
 "그 뒷감당은 어찌하고?"
 "그냥 묻어 버리면……."
 답답했던지 다소 과격한 방법을 제시하는 절광 도장의 말에 매화검작이 못마땅한 표정을 지었다.
 "쯧! 그게 할 말인가!"
 "송구… 합니다."
 "고문 말고는 다른 방법은 없는 게야?"
 매화검작의 물음에 절광 도장은 두 손을 들었다.
 "제 능력으로는……. 송구합니다."

결국 매화검작의 시선은 태을검현에게 향했다.
"자넨 어떤가?"
"누가 되었든 입을 열게 만들진 못하지 않겠습니까?"
"그럴까?"
"예, 좋은 말로 입을 열 수는 없는 법이니까요."
 요즘은 서너 살짜리 아이들조차 말만으로 원하는 걸 얻어내기 어려운 세상이다. 하물며 닳고 닳은 관리야 두말할 나위가 없었다.
"하면?"
"포기하든가, 강제적인 방법 외에는……."
 태을검현의 말에 한발 물러나 있던 절광 도장이 끼어들었다.
"제 말이 바로 그것입니다."
 강압적인 방법을 선호하는 절광 도장의 성정이 마음에 들지 않았지만, 그의 말대로 다른 방법은 없어 보였다.
 결국 매화검작이 고개를 끄덕였다.
 허락이 떨어지자 태을검현이 물러났고, 절광 도장이 섬뜩한 미소를 지은 채 이겸령에게 다가섰다.

 손을 쓰지 못하고 어물쩍 고심한 시간이 한 시진이었던 데 반해, 절광 도장이 손을 쓰고 필요한 정보를 얻는 데 걸린 시간은 고작 반각이었다.

문제는 그렇게 허비한 시간 때문에 결코 부딪치지 말아야 할 사람과 부딪쳤다는 것이다.

 분근착골에 기진맥진해서 축 늘어진 이겸령을 잠시 내버려 두고 그에게서 캐낸 정보를 두고 논의하던 매화검작이 일행의 앞으로 나섰다.

"왜 그러십니까?"

 태을검현의 물음에 매화검작이 검병에 손을 얹으며 말했다.

"그냥 있게."

 매화검작의 긴장된 음성에 무언가 문제가 생겼다는 것을 직감한 이들이 둥글게 모여들며 긴장하는 순간, 모퉁이에 있는 바위를 돌아 한 사람이 모습을 드러냈다.

"누구냐?"

 매화검작의 차가운 음성에 상대는 비틀린 미소를 지었다.

"내가 물어야 할 말이 아닐까 싶은데."

 사람을 납치하게 되면서 혹시나 싶어 매화가 수놓아진 화산의 무복을 벗고, 아무런 표식도 없는 옷을 구해 입은 덕에 복장만으로는 소속을 알아차리지 못하는 것이다.

 상대가 자신들을 알아보지 못한다는 것에 안도한 매화검작의 차가운 음성이 다시 울렸다.

"누구냐고 물었다."

"관인을 납치하는 범인을 잡으러 나온 사람이라면 답이 될까?"

깊게 파다 • 279

관부인이란 답이다. 그 말에 매화검작의 표정이 어두워졌다.

 더구나 어렴풋이 풍겨 오는 기감은 상대의 능력이 결코 자신의 아래가 아니라 말하고 있었다.

 그가 알기로 관부에서 이런 느낌을 줄 수 있는 이들이라면 단 셋뿐이다.

 이른바 관부 삼대 고수.

 매화검작을 더 답답하게 만드는 것은 그 셋 중 누가 되었든 간에 부딪치는 것만으로도 문제가 커질 것이란 점이었다.

 그 생각에 슬쩍 뒤로 물러나는 매화검작을 향해 오휘민이 비틀린 미소를 그렸다.

 "도주를 생각하나? 뭐, 다 잡을 순 없겠지만 반은 확실하게 잡아들일 수 있을 듯하니 상관은 없겠지."

 그 말에 매화검작의 표정이 일그러졌다.

 제자가 되었든, 아니면 다른 두 장로가 되었든 잡히는 순간 화산의 이름이 튀어나올 것이다.

 그렇다고 마주 싸우자니 그것도 마찬가지 결과가 나올 것이었다.

 화산의 무공을 감추고 싸울 수 있을 만큼 만만한 상대가 아닌 까닭이다.

 다시금 이러지도 저러지도 못하는 상황에 빠졌다.

그런 이들을 바라보며 비릿하게 웃은 오휘민이 검을 빼 들었다.

"못 느끼나? 이곳으로 관병들이 몰려오고 있는데. 도주할 거라면 서두르는 게 좋아."

느긋하게 빈정거리는 오휘민의 말에도 불구하고 매화검작을 위시한 이들은 도주도, 싸움도 선택하지 못했다.

-어쩌실 생각이십니까?

걱정 어린 태을검현의 전음에 매화검작도 전음으로 답했다.

-무대응이다.

-그게 무슨 말씀이십니까? 무대응이라니요?

-속가를 믿어 볼 수밖에.

화산의 속가들 중 상당수가 군부에 투신해 있었다. 또한 그들의 대부분은 장수들에 속해서 화산군벌이란 이름이 생길 정도다.

매화검작은 지금 그들을 믿고 더 이상의 문제를 만들지 않는 것에 주력하고자 하는 모양이었다.

하지만 그 안에 든 함정을 미처 인식하지 못한 듯했다. 그걸 태을검현이 지적했다.

-속가가 움직이면 우리가 화산의 제자인 걸 알 것입니다.

비로소 자신의 판단 착오를 깨달은 매화검작이 다급히 명했다.

-모두 빠져나가라.

-대장로께선요?

-난 알아서 빠져나가겠다. 서둘러라.

매화검작의 전음에 서로를 바라보던 이들은 이내 절광 도장을 시작으로 모두 외부를 향해 몸을 뽑아냈다.

"이런! 누구 허락을 받고!"

쉐에에엑-

순간 오휘민의 검에서 일어난 검강이 그의 검을 떠나 도주에 나선 제자들을 향해 폭사해 갔다.

검탄(劍彈).

화경 이상의 고수들이나 쓸 수 있다는 비기로 강기를 날리는 수법이다. 막아 낼 수 있는 것은 역시 같은 강기뿐이다.

곧바로 매화검작의 검에서 일어선 검강이 날아가는 강기들을 쳐 냈다.

펑- 펑-

마치 폭죽 터지는 듯한 소음을 남기며 강기가 터져 나가는 순간을 이용해 오휘민이 매화검작을 덮쳐들었다.

채창-

가볍게 검을 받아 내고 뒤로 물러서는 매화검작을 오휘민이 그림자처럼 따라붙었다. 도주할 만한 틈을 주지 않기 위해서였다.

할 수 없이 매화검작이 빠르게 휘도는 오휘민의 검을 막아

나갔다.

차자자자장차장-

연속적인 금속음 뒤로 훌쩍 물러난 오휘민의 입가에 의미심장한 미소가 깃들었다.

"매화향이라……. 화산군벌의 부탁인가? 결국 척의 부탁으로 우리 필을 상대하려 했다는 소리로군."

알 수 없는 말을 중얼거리는 오휘민에게 매화검작이 고개를 저어 보였다.

"오해요."

"오해라……. 뭐가 오해란 거지? 연속으로 관리를 납치한 것이? 아니면 그렇게 납치한 관리에게 고문을 해 댄 것이?"

더 이상 말로 풀 수 있는 일이 아니라 판단한 매화검작은 검을 굳게 잡았다.

말로 해결을 볼 수도 없고, 평화적으로 오해를 풀 방도가 없다면 방법은 하나뿐이다.

번쩍-

검광이 번뜩인다고 느낀 순간, 이십여 장의 공간이 사라졌다.

"훅!"

놀란 오휘민이 정신없이 밀렸다.

그렇게 오휘민을 사납게 몰아쳐 가는 것은 화산의 자랑이라는 매화삼십이검(梅花三十二劍)이었다.

서른두 개의 검로가 하나로 풀려 나오며 몰아치는 속공은 쾌검의 정수라 불리는 유성추월검(流星追月劍)에 비견해도 뒤떨어지질 않을 만큼 빨랐다.

하지만 불행하게도 오휘민이 익힌 은적섬열검(隱迹殲裂劍)도 관부 최고의 쾌검이었다.

쾌검과 쾌검이 붙었으니 좀처럼 결판이 나지 않을 수밖에 없다.

뒤늦게 자신의 실책을 알아차렸을 때는 주변을 관병들이 완벽하게 둘러싼 뒤였다.

차앙-

강하게 검을 휘둘러 상대를 밀어내고 한 발 뒤로 물러난 매화검작이 답답한 표정으로 주변을 바라보다가, 자신의 앞에 검을 꽂고 주저앉았다.

더 이상의 반항은 자칫 관부에 대한 화산의 대항으로 보일 수 있다는 우려 때문이었다.

그런 그에게 관병들이 접근하는 것을 확인한 오휘민은 검을 갈무리하며 지휘 장수에게 다가갔다.

"도주자들은?"

"기마대와 보병대를 섞어 추격을 붙였습니다."

"주요 길목은?"

"이미 차단하고 있습니다."

장수의 답에 고개를 끄덕인 오휘민이 병사들에 의해 굵은

철삭으로 묶이고 있는 매화검작을 바라보며 말했다.

"정중히 대하라. 그럴 만한 자격이 있는 사람이다."

"예, 오 원외랑."

장수의 복명을 받으며 잠시 생각을 가다듬은 오휘민이 물었다.

"어느 쪽 포위가 취약한가?"

"병력이 북쪽에서 들어온 탓에… 남쪽이 불안하긴 합니다."

"내가 지원하지. 가능한 한 모든 병력을 동원해야 하네. 보고 움직이면 늦어. 미리 길목을 막아야 한단 소릴세."

"예. 이미 병부상서의 명을 받아 호광성 도지휘사사 휘하의 병력이 모조리 동원되었습니다. 걱정하지 마십시오."

장수의 답에 고개를 끄덕인 오휘민은 곧바로 남쪽을 향해 달려갔다.

† † †

처음에 남쪽을 향해 도주했던 것은 태을검현과 세 제자들 중 둘이었다.

몰려다니면 추격이 더 용이해지기 때문에 서로의 안전을 기원한 셋은 다시 흩어졌다.

그렇게 홀로 떨어져 나온 태을검현은 정신없이 달렸다.

중간에 관병들이 길목을 차단하는 것을 목격한 탓에 관도는 아예 버리고 산길만을 고집했다.

그것도 관병이 검문소를 세울 만한 큰 산길은 들어서지도 않았다.

약초꾼, 사냥꾼들이나 다닐 법한 좁고 험한 길을 골라 부지런히 움직였다.

덕분에 관병과는 부딪치지 않았지만, 정신을 차렸을 때는 화광의 남쪽 끄트머리인 영주 부근이었다.

"도대체 언제 여기까지……."

한나절 만에 주파했다고는 자신조차 믿기지 않는 거리였다.

어이가 없었지만 지금 당장은 그런 것보다 향후 대책이 우선이었다.

"일단 화산에 알려야 해."

그러자면 전서방이 있는 도시로 내려가야 했다.

"설마 여기까지……?"

자신들이 관병과 부딪쳤던 무창에선 한참이나 떨어진 지역이었다. 설마 여기까지 자신들을 잡기 위해 병력이 파병될 리는 없다고 생각했다.

천천히 산을 내려가 도시로 들어가려던 태을검현은 화들짝 놀라 다시 산속으로 숨어들어야 했다.

관도 여기저기에 검문소가 설치되고, 무장한 관병들이 검문검색을 벌이고 있었던 탓이다.
 감히 자신의 운을 시험할 생각을 해 보진 못한 태을검현은 이내 다시 산을 타고 남으로, 남으로 내려갔다.

 그렇게 태을검현이 남하하던 동안에도 병부의 명령으로 관인을 납치 고문한 죄인을 잡아들이기 위한 검문검색이 호광 주변으로 빠르게 번져 나갔다.
 이내 호광을 중심으로 섬서, 하남, 남직례, 강서, 광동, 광서, 귀주 전역에 대한 관병들의 검문검색이 강화되었다.
 그것은 계림도 다르지 않았다.
 더구나 계림은 행정구역상 주(洲)로서 포교와 포쾌의 수도 적지 않았다.
 그 많은 수의 포교와 포쾌들이 죄다 거리로 쏟아져 나와 검문을 벌이고 있었다.
 "무슨 일이라도 난 거냐?"
 벽사흔의 물음에 함께 걷던 팽렬이 고개를 갸웃거렸다.
 "글쎄요. 알아볼까요?"
 "아니다. 굳이 관의 일을 알아봤자 머리만 아프지."
 벽사흔의 말에 팽렬은 히죽 웃었다.
 "지당하신 말씀입니다."
 그렇게 시내를 거쳐 세가로 돌아온 벽사흔을 예상외의 사람이 기다리고 있었다.

"너……."

"도와주십시오, 벽 가주님."

지저분한 몰골로 보자마자 도와달라 매달리는 이는 태을검현이었다.

"꼴이 왜 이래?"

"쫓기다 보니……."

"쫓겨? 누구한데?"

"관병에게……."

"관병에겐 왜?"

"그게… 이야기가 깁니다."

"나 시간 많아."

의자에 앉아 느긋하게 등을 기대는 벽사흔의 모습에 태을검현은 어쩔 수 없이 자신이 겪었던 일들을 모조리 설명할 수밖에 없었다.

태을검현의 이야기를 다 들은 벽사흔이 턱을 긁적거렸다.

"그러니까 관부가 북 대륙 상회의 총회를 습격한 이들의 배후다?"

"가능성이 높습니다. 우리가 그것을 조사하기 위해 화산을 나오자마자 도적으로 위장한 관병의 습격을 받았으니까요."

"관병의 습격? 얼마나 동원되었지?"

"서른 정도였습니다."

"그러니까 지금 매화검작과 두 명의 화산파 장로가 포함된 이들을 겨우 서른의 관병이 습격했다?"

"예."

답하는 자신을 바라보는 벽사흔의 눈빛에서 불신을 읽은 태을검현이 곧바로 말을 보탰다.

"정말입니다. 믿어 주십시오."

그런 그에게 벽사흔이 말했다.

"생각해 봐. 매화검작이 끼어 있는 이들을 겨우 서른의 관병이 습격했어. 그것도 도적으로 위장해서. 죽고 싶지 않으면 해선 안 되는 짓 아닐까?"

말을 듣고 보니 그렇다.

습격에 나선 관병들은 상대가 자신들이 관병인 걸 모른다는 사실을 알고 있었다.

그것은 강호들인이 거칠게 나올 수 있다는 것을 이미 알고 있었다는 뜻이다. 그리고 강호인들이 거칠게 나온다면 답은 하나다.

죽음.

그걸 충분히 예상했을 이들이 도적으로 위장한 채 습격을 했다? 죽고 싶은 것이 아니라면 있을 수 없는 일이다.

"그게……."

생각지 못했던 가능성에 복잡해진 탓인지 제대로 답하지 못하는 태을검현에게 벽사흔이 물었다.

"관병인 건 확실해?"

"그건 분명합니다. 그들이 습격에 노를 사용했으니까요."
"노를?"
"예. 그것도 연노였습니다."
 활과 달리 전략 무기로 취급되는 노는 나라에서 엄격하게 관리한다.
 더구나 연노라면 두말할 나위가 없다.
 그런 것이 사용되었다면 태을검현의 말처럼 상대는 관군들일 가능성이 높았다.
 하지만 상대의 무력이 너무 높았다.
 무엇 때문에 그런 위험을 감수하면서 도적으로 위장했느냐는 의문은 여전히 남아 있었다.
"혹시 다른 특별한 사항은 없었고?"
 벽사흔의 물음에 비로소 기억이 났는지 태을검현이 답했다.
"아! 그들이 불리해지자 무장한 기마대가 나타났었습니다. 조금 늦긴 했습니다만. 그 행사가 고의적으로 계획된 일이었다는 것을 알게 된 것도 그 기마대를 지휘하는 장수를 통해서였습니다."
"그 장수가 왜 그런 말을 해 준 거지?"
"그게… 물리적인 방법이 좀 동원되었습니다."
 태을검현이 말하는 물리적인 방법을 짐작해 낸 벽사흔이 미간에 주름을 잡았다.

"지금 관병인 걸 알면서 고문을 했단 소리야?"

"그, 그게… 어쩔 수 없어서."

관병에게 위해를 가한 것은 생각 이상으로 심각한 문제를 일으킨다.

포교나 포쾌와 주먹다짐을 벌인 것과는 다른 것이다.

상대가 관병이라면 그 소속에 따라 문제의 심각성은 조금씩 차이가 있다.

만에 하나 상대가 금군이었다면…….

화산이 아니라 화산 할아비라 해도 역적으로 몰려 적몰을 면키 어렵다.

그나마 도독부 친군이나 향방군이라면 조금 낫지만 역시 문제는 크다. 그들을 달리 황군이라 부르는 게 아닌 까닭이다.

황군.

황제의 명을 받아 움직이는 병사란 뜻이다.

그런 병사를 건드렸다면 그건 황제의 명을 가로막은 것으로 간주될 수 있었던 것이다.

하여간 화산은 그들의 생각보다 훨씬 큰 사고를 친 셈이었다.

제78장
분노를 품다

태을검현을 벽가에 숨겨 둔 벽사흔은 홀로 호광으로 향했다.

관부가 연결되어 있다면 괜히 이 사람 저 사람 달고 다니는 것보다 혼자인 게 해결이 편할 것이기 때문이었다.

벽사흔은 여러 차례의 검문을 통과하고서야 자신이 원하는 곳에 도착할 수 있었다.

"도망자들을 알고 있다는 자가 그대인가?"

들어서기 무섭게 묻는 무장을 바라보며 벽사흔이 말했다.

"호광성 도지휘사를 뵙기 전엔 말씀드릴 수 없습니다."

"감히! 속히 고하지 못할까?"

장수의 호통에 벽사흔이 신형을 돌렸다.

"아니라면 그냥 돌아가겠습니다."

"이, 이자가!"

당황성을 내뱉은 무장은 결국 도지휘사에게 직접 벽사흔을 데리고 갔다.

"이자가 도주자들의 위치를 알고 있다 합니다."

수하 장수의 말에 시선을 돌리던 호광성 도지휘사의 눈이 왕방울만큼 커졌다.

"자, 장군!"

"조용히. 애들 물리고."

벽사흔의 말에 도지휘사가 휘하의 장수와 경비병들을 물렸다.

"어, 어찌 이곳까지……."

그간 벽사흔이 만나 왔던 장수들이 으레 그랬듯이 호광성 도지휘사도 바짝 긴장한 채 부동자세로 서 있었다.

그런 도지휘사에게 벽사흔이 물었다.

"이번 일, 누구의 명이지?"

정확히 어떤 일을 지목한 것은 아니었지만, 특별히 언급할 만한 일은 한 가지뿐이었기에 도지휘사의 답은 곧바로 튀어나왔다.

"병부상서입니다."

"황상은?"

"윤허가 있으셨던 것으로 압니다."

"도주자들의 죄목은?"

"관원의 납치와 폭행, 그리고 살해입니다."

"살해?"

태을검현에게 들은 적이 없는 이야기다. 혹, 탈출하는 과정에서?

"살해당한 이들은?"

"최초 피해자로 죽산현의 지현을 비롯한 관리들과, 포교와 포쾌 등 삼십여 명입니다."

"최초 피해자가 살해당했다고?"

"예, 장군."

태을검현의 말과 완전히 달랐다.

태을검현은 노가 등장하면서 관군인 것을 눈치채서 모두 기절시켰다고 말했다. 아니, 그것이 아니라도 그들이 현장을 떠날 때까지 분명 살아 있었다고 했다.

"발견자는?"

"방현부 백호소의 정백호와 그 휘하 병사들입니다."

비로소 감이 잡히는 벽사흔이었다.

살해당했다는 죽산현 관리들의 살아 있는 마지막 모습을 태을검현이 본 곳에 함께 있었다는 방현부 백호소의 정백호와 그 병력이 목격자라면 답은 하나다.

흉수가 목격자로 돌변한 것이다.

"상흔들에 대한 조사는 이루어졌던가?"

"그것까지는……. 필요하시다면 알아보겠습니다."

"부탁하지."

벽사흔의 답에 서둘러 집무실을 나섰던 도지휘사는 생각보다 이른 시간에 돌아왔다.

"다행히 그에 대한 보고서가 올라와 있었습니다. 직접 보십시오."

도지휘사가 내민 보고서에는 상흔을 별도로 조사한 것에 대해선 언급이 없었다.

대신 곧바로 화장하여 그 가족에게 돌려보냈다고 기록되어 있었다.

전형적인 상흔 감추기다.

확신이라고 해도 좋을 정황들에 벽사흔이 심증을 굳히고 물었다.

"작전 지휘자는?"

"병부원외랑인 오휘민입니다."

도지휘사의 답에 벽사흔의 입가에 비틀린 미소가 어렸다.

"녀석은 어디에 있지?"

"무창의 안찰사사에 차려진 지휘소에 있는 것으로 알고 있습니다."

호광성 도지휘사사가 있는 장사가 아니라 성도인 무창에 있다는 소리에 벽사흔은 두말없이 자리에서 일어섰다.

"번거롭던데 통행증이라도 하나 마련해 줄 수 있겠나?"

"예, 장군."

잠시 후, 도지휘사가 작성해 온 통행증을 받아 든 벽사흔은 곧바로 무창을 향해 떠났다.
 그가 떠난 직후, 도지휘사사에서 날아오른 전서구가 무창을 향해 힘찬 날갯짓을 했다.

† † †

 장사의 호광성 도지휘사사를 떠난 지 이각, 벽사흔은 무창의 호광성 안찰사사 검문소를 통과하고 있었다.
 도저히 이해할 수 없는 이동속도였지만, 그 덕에 호광성 도지휘사가 전군도독부로 보낸 전서구보다 먼저 도착할 수 있었다.
 안찰사사 소속 포교의 안내로 안으로 든 벽사흔은 오휘민과 마주할 수 있었다.
 "자, 장군?"
 "잘 살아 있는 모양이로구나."
 "으하하! 장군!"
 후다닥 달려온 오휘민은 벽사흔을 얼싸안으며 진심으로 기뻐했다.
 "도대체 어디 계셨던 겁니까? 제가 돌아와서 얼마나 찾았는지 아십니까?"
 "네 녀석이 찾아올까 봐 숨어 다녔지."

"으하하! 그럼 이제 돌아오신 겁니까?"
"그건… 아니고, 네 녀석에게 물을 것이 좀 있어서."
 무언가 싸하게 가라앉는 벽사흔의 음성에 오휘민이 다소 놀란 표정을 지었다.
"무슨… 일이 있으신 겁니까?"
"네가 하는 일."
"제가 하는 일이요?"
"그래."
 벽사흔의 말을 알아들은 것인지 오휘민의 표정이 어두워졌다.
"어찌… 아신 겁니까?"
"어찌 아느냐가 중요한 거냐?"
"그건… 아닙니다만."
 좋아하는 스승에게 치부를 들킨 제자의 심정을 아는지 모르는지, 벽사흔은 직설적으로 물었다.
"신국공 그 늙은이더냐, 아니면 네 아비더냐?"
"죄송합니다."
 고개를 숙이는 오휘민을 물끄러미 바라보던 벽사흔이 물었다.
"계속할 생각인 게야?"
"죄송합니다."
"내가 널 그리 가르쳤더냐?"

그랬다. 사부와 제자로 완벽하게 묶인 사이는 아니었지만, 한때 오휘민은 벽사흔에게서 무공을 배운 적이 있었다.
 사실 오휘민이 젊은 나이에 관부 삼대 고수가 되는 것에 가장 큰 역할을 한 이가 바로 벽사흔이었다.
"죄송합니다."
 똑같은 대답에 벽사흔이 화를 냈다.
"네놈은 죄송하다는 말밖엔 할 줄 모르는 게야?"
"그 말밖에는 드릴 말씀이 없습니다. 정말 죄송… 합니다, 장군."
 고개를 숙인 오휘민의 발치로 떨어지는 물방울을 발견한 벽사흔이 혀를 찼다.
"미련한 놈."
 그 말만을 남겨 둔 벽사흔은 그대로 신형을 돌려 나가 버렸다.

 오휘민을 두고 나온 벽사흔의 발길이 향한 곳은 호광성 순무사였다.
 막아서는 관병 둘을 구석에 처박고 들어서는 자신을 경악 어린 눈으로 바라보는 순무에게 벽사흔이 물었다.
"너, 나 알지?"
"무, 물론입니다, 대인."
"이번 일로 잡혀 들어온 죄인들이 있나?"

분노를 품다 • 301

"예, 대인."

"어디에 몇이나 있지?"

"넷이 잡혀서 그중 셋은 안찰사사의 뇌옥에 투옥되어 있사옵고, 한 명은 이쪽으로 압송 중입니다."

"방면해."

"예?"

"방면하여 데려오란 말이다."

"하, 하오나 그들은 관인을 살해하고……."

쾅!

"네놈이 감히 내게 거짓을 고해! 죽고 싶은 것이야?"

"아, 아니옵니다. 사, 살려 주십시오, 대인."

"하면 입 닥치고 방면시켜 데려오기나 해."

"예, 예, 대인."

순무가 황급히 나간 지 반 시진. 초췌한 모습의 매화검작과 제자 둘이 순무와 함께 들어왔다.

"그, 그대는!"

놀라는 매화검작을 바라본 벽사흔이 혀를 찼다.

"미련한 자식."

욕을 먹었지만 아무 말도 하지 못했다. 욕을 먹어도 싸다는 것을 알기 때문이다.

그렇게 풀이 죽은 매화검작에게 벽사흔이 말을 이었다.

"잠시 옆방에서 기다려. 이야기 끝나고 함께 나갈 테니까."

벽사흔의 말에 놀란 매화검작은, 벽사흔의 눈짓을 받은 순무의 지시로 들어온 관병들에게 옆방으로 안내되어 나갔다.
 매화검작 등이 나가자 벽사흔이 시립해 있는 순무에게 말했다.
 "신국공이 벌인 일 같으니, 내 말 잘 들어 뒀다가 그대로 그 영감탱이에게 전해."
 "마, 말씀하십시오."
 "목적을 위해 관인을 무단으로 살해한 것을 참는 건 이번뿐이다. 다음에 또 걸리면……."
 벽사흔의 말에 순무의 목이 잔뜩 움츠러들었다. 그런 순무의 귀에 입을 바짝 대고 말을 이었다.
 "뒈진다."
 간지러워서인지, 아니면 놀라서인지 어깨를 움찔거리는 순무에게 벽사흔이 물었다.
 "다 기억했나?"
 "예, 예, 대인."
 "토씨 하나 틀리지 않게 그대로 전한다. 알았나?"
 "예, 대인."
 "나중에 검사해서 틀린 구석이 있으면……."
 "저, 정확하게 전해 올릴 것입니다, 대인."
 "좋아, 믿어 보지."
 "감사합니다, 대인."

뭐가 감사하다는 것인지 연신 고개를 조아리는 순무에게 벽사흔이 말했다.

"그럼 압송되어 오는 이는……."

"도착하는 대로 곧바로 방면하여 돌려보내겠습니다."

"그래."

고개를 끄덕이곤 신형을 돌리던 벽사흔이 뒤늦게 생각난 모양인지 다시 돌아섰다.

"참! 수배령은?"

"취, 취소할 것입니다."

"언제?"

"고, 곧바로 하겠습니다."

순무의 답에 만족한 표정으로 돌아선 벽사흔이 발걸음을 떼려다 말고 말했다.

"그리고 예부상서에게……."

뒷말을 흐리고 한참 서 있던 벽사흔이 고개를 저었다.

"아니다. 두어라."

그렇게 걸어 나가는 벽사흔의 뒤에서 순무가 황급히 고개를 숙였다.

"사, 살펴 가십시오, 대인."

7권에 계속

www.mayabook.co.kr

www.mayabook.co.kr